author ———— ryohgo narita
illustration ———— simadoriru

SHARKLORE-SERIES
PANDORA-SHARK OF
TOMOSHIBI-ISLAND

八重樫(やえがし)ベルタ
レストラン「メドゥサ」の女性歌い手(カンタオーラ)
富士桜龍華(ふじざくらりゅうか)
海上研究都市「龍宮」のカリスマ市長
八重樫(やえがし)フリオ
ベルタの弟
流星観測で龍宮を訪れていた
クワメナ・
ジャメ
雫の過去を知る研究員
研究者ながら戦闘力も高い
ラウラ・
ヴェステルホルム
雫を慕う天才少女
ネブラ社に所属していた過去を持つ
紅矢倉 雫(べにやぐら しずく)
人食い鮫ヴォイドを退治した天才研究者
ヴォイドに弟を喰い殺された過去を持つ

野槌灯狸
傭兵集団の一員であり、狐景の弟
ジャメに制圧され警察署に拘束中
野槌狐景
イルヴァの部下の盲目少女
並外れた聴力をもっている
ベルトラン・
ラブレー
イルヴァに従う副官
狡猾な方法で部下たちを操る
イルヴァ
人間とは思えない戦闘力を持つ、
傭兵集団のリーダー
ヴォジャノーイ
身分を偽り雫と接触していたが、
その正体は龍宮襲撃事件の黒幕

CONTENTS

DESIGN:木村デザイン・ラボ

生存せよ。

捕食せよ。

進化せよ。

何者にも追いつけぬ速さで、いつか大海原の彼方へと泳ぎ着く為に。
己の正体が災厄か希望か、その答えを届ける為に。

シャークロアシリーズ

炬島のパンドラシャーク〈下〉

幕間歯

10年前　冬　太平洋

腕を喰（く）い千切られた時に彼女が感じたもの。

それは痛みでも熱感でも衝撃でもなく、ある種の陶酔だった。


紅矢倉雫（べにやぐらしずく）。

数ヶ月前、弟の命を奪われた悲劇の科学者。

その復讐（ふくしゅう）が今、果たされようとしていた。


『人食（ひとく）い鮫（ざめ）ヴォイド』。

わずか数ヶ月の間に、二百四十八人もの命を奪った巨大なサメ。

様々な組織や国家の思惑が絡んだ闘争の末、最初の被害者の姉である紅矢倉雫は、太平洋上に急設された浮上設備の一画にて『ヴォイド』と相対した。

そこで繰り広げられた、筆舌に尽くしがたい激闘。

数多の仲間が『ヴォイド』の手によって死んでいく中、彼女は施設全体を『ヴォイド』ごと爆破するものだとされる遠隔スイッチを握りながら海上施設の一画――空中に渡された仮組の通路を駆け抜ける。

だが、スイッチが上手く作動しなかったのか、彼女は焦った様子で何度もボタンを押し続けながら、装置を握る右腕を施設の中心にある起爆装置へと必死に伸ばした。

その瞬間――彼女の腕は、眼下より現れた『ヴォイド』によって麩菓子のように喰い千切られてしまったのである。

過去の激闘において雫の右目は既に失われていたが、彼女に残されていた左目が、己の腕を喰らった『ヴォイド』の顔を見た。

彼女は確信する。

この巨大鮫が、再び自分に対して笑みを浮かべたと。

魚類が笑う筈もないという常識を置き去りにし、ただ、雫は感じ取った。

確かにこの瞬間、『ヴォイド』は笑っていたのだと。

自分の弟を、紅矢倉奏を丸呑みにした時と同じように。

ならば、なにゆえに彼女は陶酔を感じていたのか？

それは、憎むべき仇である『ヴォイド』と一瞬とはいえ交錯し、己の激情を直接叩き込む事ができたという歪んだ情動。

「人間は……そんなに美味しかった？」

もう一つは——己の手で、『ヴォイド』の死を見届けられると感じたからだ。

「だけどね……食べ過ぎは、身体に毒よ？」

施設上の通路に崩れながら、彼女はただ——左手に握られていた、もう一つの装置のボタンを押し込んだ。

刹那、『ヴォイド』が海中に沈んだ海面が膨れ上がったかと思うと、爆音と共に赤い血と肉片が混じった派手な水柱が立ち上り、海上施設に雨となって降り注いだ。


「私は、信じてた」

己の片腕を、サメとしては異常なまでに伸びた鋭利な牙によって切断された状態。

本来ならば話す事など不可能な筈なのに、雫はそう言葉を漏らしていた。

実際には声など出ていなかったのかもしれない。

事前に投与していた痛みを抑える薬品が見せた夢だったのかもしれないが——少なくとも、心の中では本当にそう思っていた。

「あなたは……賢い」

薄れゆく意識の中で、雫は薄く微笑む。

全ては計算の内だった。

自分が手を伸ばした場所の真下に海面がある事も。

そこから腕を伸ばせば、ちょうど右腕だけが眼下にいる者の前に露出するという事も。

自分達がそのように——つまりは、これから施設ごと『ヴォイド』を爆破するかのように振る舞えば、人間のような知恵を持ったこの怪物は、確実にそのスイッチの起動を阻止しにかかるだろうと。

だが、彼女の右手に握られたスイッチはただの施設内のエアコン用のリモコンであり——

「下手な人間よりも、よっぽど……」

今しがた喰い千切られた自分の右腕には、高性能の爆薬が巻き付けられていた。

布地のように薄く伸ばされたプラスチック爆弾。

これ見よがしな爆薬など、『ヴォイド』は簡単に察知する。

事実、過去には爆薬や毒を混ぜた餌(えさ)を呑み込ませる作戦も取られたが、全て見破られて失敗していた。

だからこそ、否(いや)が応(おう)でも喰い千切らざるを得ない状況を作り出したのである。

もしも失敗すれば、待機した別部隊が本当に施設ごとヴォイドを爆殺する予定だった。

それほどのまでの覚悟を持って臨んだ作戦であり、事実、雫はここで死ぬつもりで自分自身を囮(おとり)として実行している。

本来なら腕に噛みつかれ、そのまま海中に引き摺り下ろされた瞬間に左手のスイッチを押して自分もろとも『ヴォイド』を粉々にする筈だった。

痛覚を麻痺させる薬を投与したのは、痛みの衝撃に耐え確実に自爆のスイッチを押し込む為。

だが、『ヴォイド』の異常発達した歯は雫の腕を骨ごと容易く切断し、勝利の笑みを浮かべながら海中に落ちて行ったのである。

薄れる意識の中で、雫は思う。

目を合わせた後、『ヴォイド』もまた気付いた筈だ。

その瞬間、腕を喰い千切られた筈の獲物もまた、笑っていたということに。

——疑問に思っただろうか。

——自分の口の中のプラスチック爆薬の味に気付いただろうか。

——ああ、できる事なら、あいつの笑みが消える瞬間も見たかったけれど……。

下からの爆風と水飛沫が雫に叩きつけられる。

——あの世がもしあるなら、そこで悔しがるといい。

ほぼ意識を失いかけていた雫の脳裏に、走馬灯のように在りし日の弟の姿が映し出された。

——私は、それ、を、見届け、たら。

——奏を、探し、に。

空が見える。

通路の反対側にまで転がされ、爆風で歪んだ中空の通路から投げ出された。

下にあるのは、『ヴォイド』の血液で赤く染まる海。

そのまま彼女の身体から力が失われ、落水するかと思われたが——


雫の身体が、空中で止まる。

「やれやれ、本当に無茶をする」

何者かが雫の左手首を掴(つか)み、宙づりの形ではあるが、すんでの所で落下を防いでいた。

衝撃で意識がわずかに回復し、雫は頭上を見る。

するとそこには禿頭(とくとう)の同僚——クワメナ・ジャメの姿があった。

「勝手に先走り過ぎだ。まずは止血をする。すぐに医療班を呼ぶから……」

安堵(あんど)したのか、雫の意識がゆっくりと闇に落ちて行く。


結果として彼女は生き延び、人食い鮫(ヴォイド)を退治した英雄となった。

世に存在が明かされた当初は『新種かもしれないサメを保護すべきだ』という意見もあったが、捕獲しようとした者や海辺の海水浴客が何人も犠牲になった後はそうした声も小さくなっていた。

彼女は世界から弟の仇を討った悲劇の英雄としてもてはやされる事になるが——

その評価が出回った時の彼女にとって、もはや世俗の事は眼中にない。
紅矢倉雫は、『ヴォイド』との戦いに全てを置いてきた筈だった。
だが、『ヴォイド』はその逆に、雫へと置き土産(みやげ)を残していたのである。
数多の人々の肉を喰らい、その結実として生み出した一匹の稚魚(ちぎょ)を。

第10歯

現在　移動型海上都市『龍宮』海洋研究所　機密区画

紅矢倉雫は現在、人生で三番目に大きな危機に陥っていた。

一番は『ヴォイド』との決戦時。

二番目はその一ヶ月前、『ヴォイド』との数度目の邂逅の際に右目を失った時。

それらに比べればまだ余裕はあるものの、命を失う可能性が高い事に変わりはない。

何しろ現在の彼女は、職場である研究所を人工島の『龍宮』ごと襲撃、そして占拠した武装集団の手によって拘束されているのだから。

彼女の横では、青い顔をした後輩――ラウラ・ヴェステルホルムが同じように拘束され、床に座らされている。

「ヴォジャノーイ……」

目の前にいる男――つい先刻までは『アメリカの巨大企業であるネブラの学芸員、ウィルソン山田』と名乗っていた男に対し、紅矢倉雫は渋面で問い掛ける。

「東欧(とうおう)に伝わる水の妖精……の名前だったか？」

「ええ、よく御存知で」

「様々な姿に変化し、月齢……いや、月相に合わせて年齢すら変える」

「……いや、本当に詳しいですね？」

両手をハンドカフで拘束されたまま流暢(りゅうちょう)に喋(しゃべ)る雫に、ヴォジャノーイが苦笑を浮かべる。

「ああ、弟がそういう幻想的なものが好きだったからね。話を合わせる為に私も色々と読みあさったりしたものさ」

「それはそれは、思い出させてしまいましたか？」

挑発するように言うヴォジャノーイに、雫は一瞬黙り込んだ後、挑発を返すように言った。

「人間嫌いのヴォジャノーイ。人間を水に引き摺り込んで、自分の奴隷(どれい)にしてしまう。なるほど、今の君にはピッタリの偽名だな」

「……」

「本物のウィルソン山田はどうした？　君は市長からの紹介だ。流石(さすが)にあの人は、名前が存在すらしていない社員をここに送るようなマヌケじゃない」

「ええ、それは同意ですよ。あれは恐ろしい人です。念には念を入れて、顔も弄(いじ)っておいて良かった」

自分の顔に整形を施してあると白状した後、ヴォジャノーイは手近にあった椅子に腰掛ける。

何の事はない、ただの研究者用の事務椅子だ。

しかしながら、彼の所作には不思議と気品めいた妖(あや)しさがあり、ヴィンテージ品の呪(のろ)いの椅子に座った悪魔のような印象をこちらに与えてくる。

口調は気が弱そうなままであるのにも拘(かか)わらず、今はそれが不気味な圧となって雫達の心臓を言葉で締め付けようとしていた。

しかしながら、雫も胆力(たんりょく)では負けていない。

ジロリと相手を睨(ね)め付(つ)けながら、改めて問い掛けた。

「もう一度聞くが……本物のウィルソン山田君はどうした？」

「博士の言葉を借りて言うなら……彼は確かに、私が水中に……『カリュブディス』に引き込んだ奴隷ですよ。ええ、ネブラの学芸員である彼を通じて、『ヴォイド』の討伐後に遺体を回収した国や組織を調べ上げましてね、なんとかここに……というより、あなたに辿(たど)り着いたという次第ですよ、紅矢倉博士」

カリュブディス。

人食い鮫『ヴォイド』を生み出したと目されている、国際的な犯罪組織だ。

その名前を聞いた事で様々な事を納得しつつ、雫は心の中の激情を抑え込みながら言った。

「焦(じ)らさないで欲しいね。私が聞きたいのは、ウィルソン山田がどこでどうなっているかだ。まあ……予想はつくけれど」

「聞く必要あります？　仲間にお誘いしたい方に、あまり物騒な結末を迎えた協力者の末路は話したくないんですけどねえ」

すると、それまで横で聞いていた襲撃者グループの副官であるベルトランがニヤケながら口を挟んだ。

「話しちまってるようなもんじゃねえかよ、旦那」

「遠回しな表現で震えてくれるような人達なら良かったんですけどねえ」

肩を竦(すく)め、気弱そうな笑みを浮かべるヴォジャノーイ。

彼は諦(あきら)めたように大きな溜息(ためいき)を吐き出すと、現在の自分の顔のモデルとなった男の末路について語り始めた。

「金をちらつかせるだけで釣れた小物ですが……そんな小物が、こちらを脅(おど)すように更(さら)に金を要求してきたんですよ。なので、計画に利用するには丁度良いかと思いまして、こちらに来た際に消えていただきました」

「なるほど。自業自得とはいえ、哀れな末路を迎えたわけだ」

「ええ、ええ、ちなみに実行犯はそこにいる彼らですので、怯(おび)えた目と命乞いは彼らに向けてあげてください。無駄だとは思いますし、そもそも博士は命乞いとかしそうなタイプには見えませんね、ハハ」

摑み所のない、こちらをわざと苛(いら)つかせようとしているのではないかと思わせる迂遠(うえん)な言い回しを続けるヴォジャノーイ。

雫はそんな相手の所作を観察しながら、更なる問いを投げかけた。

「で？　次は私達を水底に引き摺り込むと？」

「んー……私『達』というのは正確ではないですね」

そう言いながら、ヴォジャノーイは手にしていた拳銃を雫の隣にいるラウラへと向ける。

「ひっ……!?」

「やめろ！」

雫が叫ぶのに合わせ、ヴォジャノーイは穏やかな笑みを浮かべたまま言った。

「必要なのは、紅矢倉博士だけです。まあ、ラウラさんの研究にも多少興味はありますが……今の私にとっては、人質としての価値の方が大きいですかね」

「おい、だったらさっさと銃を下ろしとけよ」

ベルトランが、そんな事を言いながらヴォジャノーイの手首を押さえて銃口の先をラウラから逸(そ)らす。

「おや、若者に優しくするタイプには見えませんが」

「そんな風に脅しで銃をぶらつかせて、うっかり人質のガキを撃ち殺しちまった馬鹿が部下にいてな。お陰で作戦が失敗して酷(ひで)ぇ目にあった」

「そこまで引き金を軽くはしていませんよ。あなた達じゃあるまいし」

苦笑しながら銃を懐にしまい込み、ヴォジャノーイは改めて雫へと向き直る。

「ま、その引き金の重さも、博士次第ですよ」

「……分からないな。研究資料を全て漁れる今、私に価値などないと思うが」

「いえいえ、御自身を過小評価なさらないでください」

ヴォジャノーイは首を左右に振り、淡々とした調子で言った。

「大したものですよ。ここまで『ヴォイド』を理解していたとは」

彼は机に積まれていた資料の一部を手に取りながら、愉しげに微笑む。

「脳の進化や発電器官だけではない。他の『器官』の数々も受け継いでいると博士は言った。そして、それらの『進化』が続いている事もあなたは掴んでいる」

「?」

言葉の意味が解らず、ラウラが横にいる雫の顔を見た。

すると雫は、難しい顔をしながらヴォジャノーイを睨め上げて口を開く。

「あなた達は……『カリュブディス』は、何を作ろうとしていた？　あのサメ……『ヴォイド』は、確かに進化の途中だった。いや、一代の間で起こるわけだから、環境適応による変異と言うべきなんだろうけれどね」

「……」

うすら笑いのまま沈黙しているヴォジャノーイに、雫もまた、うすら笑いを浮かべながら断言した。

「……カナデは、その全てを受け継いでいる。進化の系譜も、これまでの過程も……」

「そして、その先に辿り着く未来さえも」

♪

早朝　本州沿岸

八重樫(やえがし)ベルタが『彼』と出会ったのは、まだ日も昇りきらぬ早暁の頃合いだった。

「フリオ……」

弟の名を呟きながら、八重樫ベルタが沿岸の道を歩く。

実家でもあるスパニッシュレストラン『メドゥサ』の椅子で意識を手放していた彼女は悪夢によって叩き起こされ、人工島で人質になっている弟の事を憂(うれ)いながら明け方の海岸線を歩いていた。

武装集団に占拠された人工島『龍宮』が見えやすい場所にはマスコミや野次馬の人間達が多

数集まっており、一人静かに海風に当たりたかったベルタは、店の周辺の中で人の気配がほぼ無い、小さな川が海に流れ込む河口の側で物思いに耽（ふけ）る。

彼女はバックから何かの包みを取り出し、暗い顔のまま溜息を吐（つ）く。

「つい持ってきちゃったけど……まだお腹（なか）は空いてないかな」

独（ひと）り言（ごと）を呟きながら彼女が見つめる包みは、父親が『とにかく暗い事を考える前に腹を満たせ』と残していった店の名物料理である携行食『メドゥサドッグ』だ。

弟にも持たせていたこの独特な味付けのホットドッグを見つめつつ、ベルタは弟がお腹を空かせたりしていないだろうかと憂い、空を見上げる。

夜明けは近く、海岸線では既に空が白んでいた。

だが、上空にはまだ星が輝いており、流星群の名残（なごり）だろうか、小さな光の筋がベルタの上を流れていく。

「あっ……」

その流れ星を見たベルタは、信心深い方ではなかったが、思わず祈りを捧（ささ）げた。

「神様、フリオをどうか無事に……」

強く目を閉じ、弟の姿を強く頭に思い描（えが）く。

その願いが何かしら人智を超えた存在に届いたのかどうかは分からない。

だが、一つだけ確かな事をあげるとすれば――

ここで彼女が祈りを捧げなければ、ベルタが『彼』の姿に気付く機会はなかったであろうという事だけだった。


目を暫く瞑り、その後に開かれたベルタの双眸。

まだ暗い景色の中で、彼女の瞳は砂浜に横たわるその塊に気が付いた。

「?」

見慣れた砂浜には存在しなかった筈の、巨大な影。

ベルタは恐る恐る近付きながら、その正体を探るべく見やすい位置に回り込んだ。

「なに、あれ……」

水平線から届く白い光に照らされたその塊を見て、彼女は思わず声を上げる。

「大きい……サメ?」

それは、体長10mを越えようかという巨大なサメだった。

一見して、死んでいるのかと錯覚する。

何しろ身体のあちこちが切り裂かれており、下顎は完全に吹き飛んでいるように見えた。

横倒しになった身体の半分が水面に露出しており、胸びれと尾びれがかろうじて動いている のを見て、ベルタはその巨大な魚類がまだ生きていると確信する。

「怪我してる、大丈夫？」

だが、このままでは死は免れないだろう。

海辺に打ち上げられた魚を見るのは初めてではない。

魚類ではないイルカやクジラならばこの状態からでも海に戻せば一命を取り留めるかもしれないが、魚ではそうはいかないだろう。

そもそも、サメは泳ぎ続けなければ呼吸ができないという話を聞いた事もあった。

これが小さな魚ならば、あるいは手で持って海に放せば、せめて最期を海の中で迎えさせるという事もできただろう。呼吸さえできれば生き延びる可能性もある。

だが、相手は巨大なサメだ。

ベルタが全力で押そうが、恐らくびくともしないだろう。

とはいえ、ベルタは手負いの巨大なサメを放置して立ち去る事もできなかった。

彼女は、願ったばかりなのだ。

人災に巻き込まれた弟を、無事に家に帰して欲しいと。

自分には何もできないから、ただ祈る事しかできなかった。

だが、目の前に、手の届く所にいる死にかけの生き物を放置したら、己の願いも成就しなくなってしまうのではないかという思いに囚われた。

もっとも、それでなくとも彼女はお人好しな部分があり、仮にサメを見つけたのが平時であろうがなんとかしようと動いていたかもしれない。

「この金具……」

何かできる事はないかとオロオロしていたベルタは、サメの周りに装着されている金具に気が付いた。

それは拘束具のようにも、なんらかの治療器具のようにも見える。

大半が破損して歪んでおり、顔面を覆っていた器具も半壊していた。

このような処置を巨大なサメにするなど、ありえるのだろうか？

疑問に思ったところで、ベルタは思い出した。

弟が現在人質となっている人工島『龍宮』。

そこには最新鋭の海洋研究所があり、様々な海洋生物の研究も行われているのだと。

——何年か前……私も学校の行事で見学に行ったけど……。

——確か、その時にクラスの担当をしてくれた義手のお姉さんが、サメの研究をしてるって言ってたような……。

「もしかして、あなた、島から来たの？」

だとするならば、島で何かしらの爆発や崩落などが起きている可能性がある。

本当に研究所で飼育されていたのだとするならば、このサメもまた事件の被害者という事になるのだとベルタは気付いた。

「……！　待ってて！　なんとか助けてあげるから……！」

相手が巨大なサメだというのに、ベルタは不思議と怖れを抱かなかった。

人食い鮫『ヴォイド』が暴れていた頃は彼女はまだ小学生であり、寧ろ、その後に世界中で起きたサメという種への悪評を払拭するような事柄を見て育ってきた世代である。

とはいえ、大きさが大きさな為、普通ならば恐怖で近付く事すらできないだろう。

それでもベルタが近付けたのは、目の前のサメから、本当に命が消えゆきつつある事を感じ取っていたからかもしれない。

「えっと……どこかに電話を……警察……は今動けないだろうし……消防署？　水族館？」

混乱しながらスマートフォンを取り出したベルタだが、その時に慌ててしまったからか、手にしていた『メドゥサドッグ』の包みを取り落としてしまった。

「あっ……」

チョリソーを挟んだパンが露出し、サメの口の辺りへと落水する。

すると――ベルタの眼前で、信じられないような光景が繰り広げられた。

下顎を失っていると思しきサメの口元が蠢いたかと思うと、舌のようなものが『メドゥサドッグ』を巻き取り、己の口の中へと運び入れる。

「え？」

ベルタは困惑した。

魚類にも舌はある。

それは知っているし、そこに寄生するタイノエのような虫がいる事も知っていた。

だが、魚の舌は決して哺乳(ほにゅう)類や爬虫(はちゅう)類のように、自在に蠢く類(たぐい)のものではない筈だ。

人間が持つような柔らかい『ベロ』とは違い、殆(ほとん)ど骨の一部のような器官であり、喉の奥に呑み込んだものが逆流しないようにざらついた質感となっている部位である。

舌には味覚もなく、魚は別の部分で味を感じるという話をテレビで見たような気がするが、ベルタはその分野に詳しいわけではないのでそこまでは分からなかった。

ただ、確かな事は――

サメらしき生物の口から伸びた、蛇のように細長い形状の舌が、水面に落ちたパンとチョリソーを搦(から)め捕(と)ったという事である。

「え？　え？　もしかして、サメってそうなの？　サメには長い舌ってあるの？」

もちろんそんな筈はないのだが、ベルタはサメの専門家ではないので『そういう事もあるのか』と納得した。

寧ろ、彼女が驚愕(きょうがく)したのはその後に起こった現象である。

サメが『メドゥサドッグ』を食べた事を確認した後、彼女は我に返った。

実家や街のある方に目を向けながら、どこに電話をすべきかをスマートフォンのネットブラウザで検索し始める。

近場の水族館に辿り着いたが、現在電話しても繫がるとは思えず、一度父親に電話するかと考えながらサメを振り返った時――

彼女は見た。

深く抉れ、内部の肉が露出していたサメの皮膚の損傷部分。

そこに、いつしか薄い膜のようなもの――つまりは、『サメ肌』が再生しているという事に。

「これ……治りかけてるの？」

驚きで目を見開いたベルタは、スマートフォンを握り締めたままサメを見る。

すると、サメは下顎の無い口元を蠢かせ、再び舌のような、あるいは触手のような何かを伸ばし、水面に浮かぶ『メドゥサドッグ』の包み紙を突いていた。

まるで、その包み紙の中にまだ何かが残っていないかと探るように。

「……」

――皮膚が治ったっていう事は……ええと、肉だから、タンパク質？

――もしかして、チョリソーを食べたから？

「ま、待ってて！」

何かに思い至ったベルタは、激しく砂浜を踏みしめて己の家へと駆け出した。

逃げ出したわけでなく、突然海岸に現れた謎だらけのサメを救う為に。

何故そんな行動を取ったのか、彼女本人にも分からない。

弟が巻き込まれた事件により、疲弊と混乱にさらされたベルタはどこかおかしくなっていたのかもしれなかった。

あるいは——勝手に己の中で、星への願いが『願掛け』に変わっていたのかもしれない。

——この大きなサメを助ける事ができたのなら。

——流れ星でも神様でも、悪魔だって構わない。

——どうかどうか、弟を助けてください。

と、決して承諾が来る事のない、自分自身の心を落ち着かせる為だけの誓約に。

「お待たせ！」

店に残っていた『メドゥサドッグ』の在庫をありったけ袋に入れて運んできたベルタ。

他にも冷蔵庫にはハムや生肉などが入っており、本来なら店の食材として使う筈のものなのだが、『どうせしばらく店どころではないのだ、古くなるのをただ待つぐらいなら』と割り切って持ち出してきたのだ。

父親には後で謝罪する事になるだろうが、ベルタはそれでも構わないと思っていた。

彼女は次々と『メドゥサドッグ』の包みを開いては、サメの口元のあたりに落としていく。

すると、サメの口から再び舌が伸び、次から次へと己の内にその食材を取り込み始めた。

破損した器具などは無論そのままだが、痛々しく抉れていた傷跡では明確な変化が始まっている。

皮膚が傷口を塞ぐかたちで張り始めただけではなく、まるでその周辺の肉自体が独立した生き物であるかのように蠢き始め――損失した部分の肉が盛り上がり、損傷そのものを無かった事にするかのように再生していくではないか。

少しずつ少しずつ、しかし確実に傷が修復されていくその姿を見て、ベルタはその魚がサメなどではなく、何かもっと特別なものなのではないかと息を呑む。

このまま完全に回復したら、次はその牙が自分に向くのではないか？

そんな疑念を胸に抱くが、不思議と『恐怖』は感じなかった。

何かを捕食する時に、敵意や殺意というものをサメが抱くとは思えない。

その程度の事は専門家ではないベルタにも分かる。

だが、それでも――

ベルタは、目の前にいるその巨大な存在から、『この存在は、自分を餌とは見ていない』という印象を受けてしまったのだ。

逆に言うならば、ベルタは確かに感じ取っていたのである。

目の前にいるサメの姿をした『何か』は、犬や猫、あるいは人間のような知性と感情を持っているのだと。

それが単なる己の妄想かどうかは分からない。

ただ、彼女は自分がやると決めた事を最後までやり遂げると決意しながら、サメに『食事』を与え続ける。

自分の蘇（よみがえ）らせているものが、悍（おぞ）ましき災厄なのか、一筋の希望なのかも知らぬまま。

彼女のこの行為こそが、後（のち）の『龍宮』の人々——

そして、世界の運命を大きく変える事になるとも知らぬまま。

第11歯

東日本　某海岸

「凄(すご)い……もう動けるの?」

八重樫ベルタはその光景を見て、奇跡というよりも、何かしらのSF映画を観ているような錯覚を覚えた。

大量の食事を、口から伸びた『舌』のような器官で口腔に運ぶ巨大なサメ。

舌に載せた食物を上顎の歯に押しつけるような動きをしながら、サメは己の身体をゆっくりとくねらせていた。

半分以上海面に出た状態のまま、満身創痍(まんしんそうい)のサメが砂浜の浅瀬をゆっくりと蠢き進む。

いや、もはや満身創痍『だった』と言うべきだろう。

ベルタが海岸に持ってきた大量の肉などを食べた直後から、みるみる内にサメの身体中の傷が修復されていった。

食べれば食べた分だけ失われた部位が回復するかのような勢いであり、常識を明らかに超えた現象が起こっているように感じられる。

とはいえ、あまりにも巨大な個体だ。持ち込んだ肉が全てサメの身体に変換されたとしても、完全に回復する事はないだろう。

事実、失われた下顎は傷跡こそ新しい皮膚に覆い隠されているが、肉は元の形にまで回復していなかった。

だが、その他の部分は驚異的な回復を遂げており、どうやら取り込んだタンパク質を元にして血管や神経など生命活動にとって重要な部分から再生しているように見える。

それ以上は専門的な知識の無いベルタには解らず、ただ持ってきた食材を平らげたサメの動向を砂浜から見守る事しかできなかった。

「っていうか……サメって、そういう風に浅瀬を這えるんだ？」

ヒレを手のように使うのではなく、全身をくねらせる事で蛇のように浅瀬を這い進むサメ。

そのままゆっくりと水の深みへ向かい、最終的に手近な桟橋の方に移動してそこで一度停止した。

ベルタはそんなサメを陸地から追い、桟橋の上から海面に改めて視線を巡らせる。

サメの背びれが海上に見え、その動きの滑らかさから既にサメの腹は海底の砂地を離れて浮かんでいる事が分かる。

「良かった……！　その深さなら、もう大丈夫だね！」

緩やかではあるが、サメが『泳いで』いる事を確認したベルタは、ホッと胸をなで下ろす。

栈橋の先の方まで来て、あとはサメを見送るだけだと思っていたのだが――

サメはそのまま沖へと泳ぎ去る事はせず、栈橋の下にじっと佇むように留まっていた。

「あれ？　サメって、泳ぎ続けないとダメなんじゃなかったっけ……？」

漫画か何かで読んだうろ覚えの知識を思い返すが、それは種類にもよると聞いた覚えもある。

とはいえ、ベルタは専門家ではないのでハッキリとした事は分からず、取りあえずは気にしない事にした。

「なんだろう、まだお腹が空いてるのかな」

自分の数倍の体長を持つサメが、栈橋の下にいる。

ホホジロザメなどが高いジャンプをする事を考えればあまりに危機感の無い台詞だが、そんなサメの生態を知らぬベルタは、水に落ちないように気を付けてはいるものの、栈橋の上が危険だという考えには至らなかった。

だからこそ彼女はその場に留まり、半分独り言のように呟きを漏らす。

「ね、ねえ、大丈夫？」

このままひっくり返って浮いてくるのではないかと不安になった事からの言葉だったが――

それに対する反応は、彼女の予想も、世俗的な常識をも覆すものとなった。

♪

水中

水上にいる存在は、自分の反応を待っているのだろうかと。

身体の各所に肉と骨、そして血が満たされていくのを感じながら、ただ静かに考える。

『彼』は、考える。


聴覚が感じ取るのは、自分とは違う形をした生物――『ヒト』が発する音の羅列。

所々で単語の意味が解らない部分はあるが、大筋ではその羅列の意味合いを理解できるようになりつつあった。

それは、学習の結果であった。

五年以上にもわたり、毎日行われてきた学習。

『彼』の事を『カナデ』という個体名で呼び、自らを『オネエチャン』という音の羅列によって表現する生物の言葉を聞き続ける事。

それこそが『彼』にとっての学習に他ならなかった。

『オネエチャン』からすれば、違う意図だったのかもしれない。

だが、『彼』の感覚では、その繰り返しはまごうこと無き学習の日々だ。

生まれながらに泳ぎ方や獲物の捕食方法を知っている事が本能によるものだとするならば、後天的に得たものを、身体と脳に積み上げられる行為は確かに学習と言えるだろう。

僅かな情報からインプットを続け、一方通行でありながら言葉というものを理解した『彼』の知力は、もはや特定の分野において人間を超えていると言っても過言ではなかった。

だが——『彼』は、アウトプットの方法を持ち合わせない。

相手の言葉が理解できても、こちらからの意図を同じ手法で伝えられないのだ。

『彼』は声帯を持たず、文字や手話を操る為の器官も無い。

せいぜい声に反応して動く事と——『デンキ』と呼ばれるものを身体から湧き上がらせる事だけだった。

何らかの装置を付けられた時に、『オネエチャン』が『彼』に言う。

——「この電流の変化……私の声に反応しているのか？」

と。

横にいた別の『ヒト』達は「偶然だろう」と言ったが、『オネエチャン』だけは、『彼』の話が通じていると信じていた。

だからこそ——『彼』は考える。

同じ方法ならば、海上にいる『ヒト』に意志を伝える事ができるのではないかと。

しかしながら、ここは『オネエチャン』が自分に付けていたような装置はない。

自分が利用できるものが、何かないかと周囲に感覚を拡げていった。

その感覚の正式な呼び方を、『彼』は知らない。

だが、理解はしていた。

過去に『オネエチャン』から見せられた『エイガ』の中に出てきた、『レーダー』や『ソナー』というものに近しいものであると。


♪

人工島『龍宮』研究所機密区画

「ところで……一つ、聞きそびれていた事がありましてね」

不敵な笑みを浮かべたまま、ヴォジャノーイが雫へと問い掛ける。

「なんだい？　カナデについてなら、研究資料にほぼ全て記していると思うけど」

「いえ、このモニターですよ」

ヴォジャノーイはおもむろに立ち上がり、巨大なサメが泳いでいた円柱上の巨大水槽の側に行き、その前に置かれていたモニターに手を置いた。

「データの観測用とも思えませんし……そもそも、水槽の方に向けられています。恐らくは個体名『カナデ』君に対して何かの映像を見せていた……と思うのですが、その実験についての資料がありませんでしたから」

「ああ、それは実験じゃなく、純粋にカナデの為のものだからな」

「何を見せてたんですか？　栄養価の高い魚類の映像でも？」

冗談めかして言ったヴォジャノーイだったが、返ってきた答えはそれを超えて冗談めいたものだった。

「映画だよ」

「はい？」

「カナデはアクション映画が好きでね。特に30年ぐらい前のカンフー映画がお気に入りだ。人間が魔法に憧れるように、自分とは違う理（ことわり）で派手に動くものが好きなのかもしれないね」

「この状況で冗談……ではなさそうですね」

先刻までウィルソン山田として相対していたヴォジャノーイは、今の雫の言葉が軽口などではなく、まったくの本気であると判断する。

「マジでイカれてんな、この博士」

横で聞いていたベルトランはそう言って笑っていたが、ヴォジャノーイは、薄い微笑みを貼り付けたまま、やや真剣な調子で問い続けた。

「博士は先刻、『カナデ』という個体が言葉を理解している……というような事をおっしゃってましたが……それは、どの精度で、と考えていますか？」

「まさにそれを確かめようと計画していたんだけれどね。君達が来なければ来週には正式な実験として対話を試みる筈だった」

「ああ、それは資料に少し書かれていましたね……生体電流による会話、ですか？」

「君の事だ。エレファントノーズやカモノハシ、そして何よりサメが持つ感覚器官の事は知っているだろう？　サメの場合はロレンチーニ器官だが、エレファントノーズフィッシュの場合は、発電器官をも併(あわ)せ持っている」

突然サメではない他の生物の話を始めた雫だが、ヴォジャノーイはその意図を察し、目を細めながら独りごちる。

「エレファントノーズフィッシュの縄張り争いや求愛を、電界察知能力や電流発生器官を用いた会話だとする学説もあるにはありますが……まさか、カナデ君がそこまでのレベルに達していると？　しかも人間とサメの間で？」

サメのロレンチーニ器官やカモノハシの嘴(くちばし)は、100万分の1ボルトという低電流をも察知する事ができるという。

それにより周囲の生物などの存在を察知し、レーダーの代わりとして捕食などに用いるのだ。

海底ケーブルがサメに囓られる事で断絶する原因の一つは、サメの持つその器官が海底ケーブルを生物と誤認する為……という説もある。

「カナデの感知能力は一流だよ」

友人に家族を自慢するような調子で、少し得意げに、それでいてどこか温かみのある声で雫が言った。

「水中だけじゃない。カナデは水の中から、この水槽の外の電場が変化するのだって感じ取れていたんだからね」

♪

東日本海岸　水中

『彼』の感覚器官が、水中と水上の様子を同時に捉える。

そして、『彼』は空気中に電気の流れを確認した。

身を捩らせ、そちらに別の感覚器官、すなわち目を向ける。

水上の『ヒト』の更に上方に、『彼』の家にあったものと同じような光源が見えた。

己が生み出すものと同質のエネルギーの流れも感じられる。

ならば、前と同じようにやるだけだ。

以前は『パソコン』と呼ばれる機器が壊れたらしく、『オネエチャン』が困っていた為、『彼』は己の住処（すみか）でそれを繰り返す事はなかったのだが――この周囲に、『パソコン』らしきものはない。

『彼』はそう判断し、行動を起こすことにした。

ここまでの思考と行動に『彼』が費やしたのは、わずか数秒。

故（ゆえ）に、その反応は人間の感覚では迅速（じんそく）なるものとして捉えられる結果となった。


♪

海岸　桟橋上

ヴ、ヴヴ、と何かが唸（うな）るような音が聞こえ、同時にベルタの周囲の景色が明滅する。

「え？・」

ベルタが視線を上げると、栈橋の上に設置された外灯の蛍光灯の光が揺らいでいた。

まだ明け方で暗い為、この時間帯は外灯は自動的に点灯されている。

恐らく、今の周囲の明滅はこの蛍光灯が一瞬消えた事によるものだろう。

「……」

それ以降明滅する様子は無く、また、これまでも蛍光灯の灯りにはちらつき一つ無かったと記憶している。

まるで自分の言葉に合わせたかのような反応に、ベルタは首を傾げた。

「まさか、ね」

苦笑しつつ、ベルタは再びサメに向き直って呟いた。

「今の、君がやったの？　……なんて、ね」


再び、周囲の景色が明滅した。


「……うそ」

そんな事はあり得ないと思いながらも、ベルタは妙に気に掛かり、蛍光灯とサメの背びれの間で何度も視線を往復させる。

「えーと……二回点滅させられる？」

すると、ヴヴ、と一際強い音が鳴り響き、頭上の蛍光灯がゆっくりと二回明滅し、元の点灯状態へと戻った。

ベルタは驚きながらも、不思議とそれが偶然だとは考えない。

このサメが、恐らくは人工島『龍宮』から来たのだとは解っているのだ。

「ハイなら一回、イイエなら二回点滅させるって……できる？」

一度の明滅。

「私の言葉、通じてる？」

一度の明滅。

「完全に？　解らないところとかない？」

二度の明滅。

まるで、手慣れた事だとでもいうかのように、スムーズな流れで数をこなす。

「そっか……言葉の意味が解らなかったら、三回点滅させてね」

——まあ、そういう事も……あるのかな。

池袋（いけぶくろ）の方では首無しライダーが走り回っているという都市伝説があり、何度か映像にも収められている世の中だ。

それと比べたら、研究所の何らかの装置を身につけたサメが近くの電灯を明滅させるぐらいは常識の範疇（はんちゅう）だろう。

「私はベルタ、よろしくね。私の事、食べちゃやだよ?」

一度の明滅。

細かい事を考えない性格が幸いしたというべきか、ベルタはそれ以上深く考える事をやめた。

仮にこれが心労によって疲れた自分が見ている幻覚や、弟を救いたいが為にでっち上げた妄想であろうと構わない。

そう思いながら、ベルタは桟橋の端にしゃがみ、水中から背びれだけを出したサメに対して問い掛けた。

「もう一度聞くけど……身体はもう、大丈夫?」

一度の明滅。

「そっか、良かったあ」

心の底からの安堵を浮かべた後、ベルタは沖の方に目を向けた。

そこに見えるのは、朝焼けの中に浮かぶ人工島『龍宮』のシルエット。

「ねえ、泳げるようになったなら人工島……君の家に帰るの?」

少しの間を置いて、一度の明滅。

「そっか……でも、今、あの島は危ないみたいだよ。もしかしたら、君の怪我もテレビで言ってた爆発に巻き込まれたのかもしれないし……」

そこまで言って、ベルタは途端に現実に引き戻され、悲しみに顔を歪めた。

巨大なサメとの出会いという衝撃によって誤魔化されていた不安が、一気に胸の中に蘇ったのである。

「フリオ……」

♪

水中

フリオ。

フリオ。

フリオ、フリオ、フリオ、フリオ。

脳に残る単語が『彼』の頭を揺さぶり始める。

フリオというのは、島で出会った――今の頭上の『ヒト』と同じように、自分に食糧をくれた個体の固有名詞であると『彼』は推測していた。

だが、頭上の『ヒト』とどういった関係なのかが把握できず、『彼』は先刻の取り決め通りに合図を送らんと体内の発電器官を蠢かせる。

『彼』の体内の発電器官は、デンキウナギなどが持つそれと比べ、異様な進化を遂げていた。

元より『彼』の母――ヴォイドに組み込まれていたシステムなのか、あるいは彼の代で辿り着いた変異なのかは分からない。ただ、その進化した発電器官が、彼の身体につけられた実験用の金属パーツや拘束具と組み合わさる事で、『彼』は一つの力を手に入れる。

だが、如何(いか)なる経緯であれ、それが『彼』の力の一つとして備わっているのは確かだった。

発電器官から広がった電界が、彼の身体の金属パーツを電線の代わりとして磁界を発生させる。それは特殊な周波数の電波を生み出し、海中から拡散した強い電波が周辺の電子機器に影響を与え始める。

その流れが、『彼』にはハッキリと見えていた。

電波と呼ばれるそのエネルギーの振動を駆使する事で、何が起こるのかも把握している。

だからこそ、『彼』はその力をもってして問い掛ける。

更なる学習の為に。

フリオという個体がいかなる存在なのかを確かめる為に。

桟橋上

♪


ベルタの頭上で、蛍光灯が三度明滅した。

「え……？」

そして、彼女は自分が『言葉の意味が解らなかったら三回』という取り決めをした事を思いだし、即座に答える。

「ああ、ごめんなさい。フリオっていうのは、私の弟で……。今、あの島で悪い人達に捕まってるの。だから、その……もし、君の家の近くでフリオが海に落ちてたら、食べないで助けてあげて欲しいなって……」

彼女は思わずそう答えてしまい、サメを完全に人間であるかのように扱ってしまっている自分に気付く。

「って、君にこんな事をお願いしたってしょうがないよね……フリオの顔も知らないだろうし」

自分自身に呆れて目を伏せていた為、彼女は蛍光灯が二度明滅した事に気付かなかった。音が鳴るのは感じていたのだが、『解らない』という意味の三度の明滅だろうと思い込んでしまっていたのである。

「フリオは、私より小さな子供だよ。もしも海に落ちてたら、助けてあげてね。本当は、私がお姉ちゃんとして助けてあげたいんだけど……」

サメにそんな事を言っても仕方が無いとは思いつつ、ベルタは自分でも意外なほど真剣にその願いを口にした。

気休めにしかならないかもしれない。

寧ろ、自分が助けた事で、海に落ちたフリオがこのサメに食べられてしまうのではないかという不安すら思い浮かんだが——それでも彼女は、ただ願った。

この巨大で、どこか不思議な魚類の振る舞いは、映画で見たような人食い鮫とはどこか違うように感じられる。

ただの勘に過ぎず、共に泳げるかと言われたらそれは確かに恐ろしい事だと思うのだが——それでも、ベルタは冗談めかして、それでいて真摯な祈りを込めながら言った。

「それが、さっき君にあげた食べ物のお返し……って事でいいよ」

すると、サメは最後にそんなベルタの顔を見る為とでもいうかのように、わずかに顔を海面に出し、そのまま何度か蛍光灯を明滅させる。

今のが別れの言葉だと言わんばかりに、サメはそのまま遥(はる)か沖、人工島のシルエットの方に向かって真っ直ぐに泳ぎ始めた。

やがて、背びれも海中に消えた事を確認したベルタは、今しがたの事が全て夢だったのではないかと改めて思う。

それでも、彼女は自分が願いを何かに託したのだと感じ、ほんのわずかな希望を覚えた。

ただの気休めに過ぎないとしても、そのわずかな希望は、自分にまだ何かやれる事がないかと前に歩む為の気力となる。

人工島の方を何度か振り返った後、ベルタは静かに家路についた。

最愛の弟と、今自分と触れ合った不思議なサメの無事を祈りながら。

大事な家族が襲撃犯達に囚われ、強大な力を持つものであれば神にも、たとえ悪魔であろうと縋りつきたいこの状況。

ベルタという一人の少女が縋ったものは、たまたま出会った一匹の巨大なサメだった。

だが――

神や悪魔には及ばぬまでも、そのサメは確かに持ち合わせていたのである。

何者をも噛み穿つ、強大な力を。

紅矢倉雫と八重樫ベルタ。

二人の女性によって二度も海に解き放たれたその存在が人類にとっての災厄なのか、あるいは誰かにとって最後に残った希望であるのか。

その答えが、今こそ明かされようとしていた。


♪

海中

突き進む。

突き進む。

波を掻き分け、潮の流れを噛み破り、ただ真っ直ぐに己の住処だった場所へと。

『彼』——カナデと名付けられたそのサメと思しき生命体は、高速で思考を続けながら泳ぎ続けた。

生まれた意味、というものをカナデは知らなかった。

自我を持ち合わせた時に見えた景色は、大量の水と、それを隔てた透明な壁の奥にある空気に満ちた世界。

繰り返し自分に音の羅列を届ける『ヒト』――ベニヤグラシズクという個体は、生きる為に必要なものを与えてくれた。

「オネエチャン」という存在らしい。

それが自分の味方を指す言葉だという事をカナデは最初に理解し、刷り込まれた。

後々(のちのち)の学習で、血縁関係の一つを示す言葉だと理解してからも、カナデにとっては「オネエチャン」が自分の味方を指し示す言葉であると認識し続ける。

そして、『オトウト』というものが、『オネエチャン』にとって大事な者であると繰り返し聞かされてきた。

生かされているという事を実感しつつも、自分が何故生きているのかという答えに辿り着けなかったカナデ。

空腹感を覚える事はないが、いつも自分の奥底から湧き上がる本能的な渇きは感じていた。

だが、それに溺(おぼ)れぬほどの知性を持ち合わせていた。

それは同時に、ただ本能に従って生きるのが難しいほどの知性という事でもある。

カナデは、理由を欲していた。

自分がここに存在し続け、自我を持ち続けるだけの理由を。

やがて、『エイガ』というものをシズクが見せてくれるようになる。

全てを理解できたわけではないが、『ヒト』という生物の様々な生き方が描かれていた。

それを学ぶ一方で、自分はどうやら『ヒト』とは決定的に違う存在である事も理解する。

ますます『己の存在意義』と『生きる目的』について自縄自縛（じじょうじばく）に陥り、モヤモヤとした日々を水中で過ごしてきたカナデ。


そこで、事件は起きた。

自分のいる場所の遙か上から感じていた電界の広がりが、突如として消え去ったのである。

それから程なくして、彼は理解した。

自分の周囲において行動を制限していたものの全てがその機能を停止し、これまで決して開く事のなかった『扉』が開かれている事に。

異変を察知したカナデは、初めて得る『完全なる自由』を実感するよりも前に——その声を聞く。

『オネエチャン』であるシズクらしき存在——『ギシュ』の『ハカセ』について、悪意らしき言葉を投げつけている男の声を。

ズグリ、と、カナデの奥底に燻(くすぶ)っていた渇きが刺激された。

あるいは、生まれて初めて味わった『怒(いか)り』という感情を、渇き——餓(う)えと錯覚したのかもしれないが、どちらにせよ、カナデがやるべき事に変わりはなかったと言えるだろう。


そして闘争が始まり、カナデは本能のままに喰らい、圧倒(くら)い、虐殺(くら)い——

狩場と化した己の住処に現れた、小柄でありながら恐ろしく獰猛(どうもう)な『ヒト』によって、自らの身体を破壊された。


どれだけの時間が経ったのかは分からない。

最初は、どこに流れ着いていたのかも分からなかった。

ただ、今までの環境とは違う世界だという事だけを実感しながら、彼はベルタという、シズクとは別の『オネエチャン』と出会う。

シズクにとってのオトウトがカナデだとするならば、彼女にとってのオトウトはフリオ。

その最低限の理解を元に、カナデは一心不乱に泳ぎ続ける。

生きる意味が分からなかった。

それでも、自分は生かされた。

生きなければならないという本能があり、それは他者の力によって叶えられたのだ。

二人の、『オネエチャン』と呼ばれる生命体によって。


ならば、自分の生きる意味は、それでいい。

『オネエチャン』と名乗った『ヒト』の為に何かするのが、己の生きる目的なのだろうと判断した。

善悪の概念すら薄く、人間の倫理感に囚われぬ存在である巨大な人食い鮫の行動理念が今、静かに組み上がりつつある。


食糧がいる。

自分の身体をより強くする為には、より高みへと押し運ぶ為には、肉が、骨が、血が必要だ。

己が牙で裂かねばならない、穿たねばならない、食い破らねばならない。

大量の小型魚の群れが、カナデの口内に呑み込まれる。

徐々に下顎が再生するが、肉よりも先に骨が形成され、まるでサメのゾンビのようなフォルムとなる。

本来の魚類のソレとは全く異なる舌の先端が二つに割れ、より効率良く獲物を捕らえるように変化する。

より攻撃力を高める為、上顎に新たな鋭い歯が生まれ始める。

回復と変異を続けながら、更に大型の魚を捕食しつつ海中進撃を続けるカナデ。

最後に如何なる姿へと変貌するのか、カナデ本人にも解らぬまま――

本能と理性、二つの目的が一致した今、迷う事なく喰らい続けた。

彼の母親であり――全てを呑み込まんとした『虚無（ヴォイド）』のように。


♪

人工島『龍宮』西側海上

「しかし、暇だな」

海上を自動運転で巡回する小型艇。

そのデッキでロケットランチャーを持ちながら、一人の男が退屈そうに肩を竦める。

龍宮を襲撃した傭兵（ようへい）集団『バダヴァロート』の一員であるその男に、横にいた仲間がヘラヘラと笑いながら答えた。

「まったくだ。ヘリやボートの一機でも近づいて来てくれりゃ、こっちも派手にこいつをぶっ放せるってもんなんだがな」

彼らは上空や海上、あるいは海中から近づいて来る敵影を見張る目的で海上を巡回している。

戦いの最前線に立つ彼らは、即座に襲撃してくる攻撃的な組織が相手なら、外れ籤を引いたとされる役割なのだが、慎重派の政府が相手の場合、それはそれで暇になるという意味での外れ役職でもあった。

平和が一番というタイプの人間ならば当たりなのだろうが、そのような者は最初からこの組織には身を置かない事を彼ら自身がよく知っていた。

「退屈で仕方ねえな。島から何人か人質連れて来てよ、いたぶって遊ばねえか？」

「イルヴァの姐御にぶっ殺されるぞ」

「一人や二人、こっそりやりゃバレやしねえさ。死体だってここならすぐ処理できんだろ？」

「あー、それもそうだな……」

そんな下卑た会話を続ける二人だったが――

実際に何人か人質を連れて来ようとなった段階で、脇に置かれていた監視レーダーから音が鳴る。

潜水艦などによる接近を想定して置かれていた、水中探査用のソナーだ。

「なんだ？　潜水艦か？」

「どうかな、潜水艦だとしても小型が一隻だけだ」

「そんな小規模で来るか？　偵察かもな、とりあえず姐御かベルトランさんに連絡を……」

そう言いかけたところで、ソナーに反応があった距離の海面で異変が起こる。

灰色に濡れる三角形の背びれが姿を現し、ゆっくりと船の周囲を旋回し始めた。

まるで、こちらの様子を窺うかのように。

「おい、見ろ、サメがいるぞ」

「なんだよ、脅かしやがって！　ゆうべの警報もクジラだったよな」

「そういや、何人か研究所のサメに喰われたらしいじゃねえか」

「ああ、最後にゃ姐御が始末したらしいがな」

そんな会話を続けた後、男の一人がロケットランチャーを持ち上げる。

「一発ぐらい試し撃ちしとくか？」

「よせよ、勝手に騒ぎを起こしたらドヤされるぜ。それに、その榴弾一発でいくらすると思ってんだ、無駄撃ちすんな」

窘める仲間の言葉に舌打ちし、ホルスターから拳銃を取り出した。

サプレッサーを装着しながら、海上を泳ぐサメに向ける。

「ったくケチ臭ぇな。こいつならいいだろ？　なんか言われたら、大事な仲間をサメに喰われたので、仇討ちでサメのお仲間を殺しました……とでも言うさ」

そう言うと男はデッキの端に立ち、まるで挨拶でもするかのような気軽さで拳銃のトリガーを引き絞った。

減音器を通した銃声が数度響き、サメの背びれにその内の一発が命中する。

するとサメは急に身を翻し、海中深くへとその姿を消していった。

「はっ！　張り合いねえな！　どうだ？　逃げてったか？」

その声に、ソナーの探知画面を見ていたもう一人の男が、眉を顰めながら答える。

「いや……深く潜っただけ……おい待て……あのサメ、サメにしちゃ……デカくねぇか？」

「あん？」

「……！　おい！　こっちに向かって来るぞ！」

摑まれ、と叫ぼうとした時には既に遅かった。

下から突き上げるような衝撃を感じると同時に、デッキにいた男は宙高く投げ出されてしまい、景色の中の空と海が入れ替わる。

明け方の海、昇り始めた太陽に照らされた水面から、その灯りを呑み込むかのような巨大な顎が出現し——

「ちょ、ま……」

それが、男の最期の言葉となった。

拳銃の握られた手首がデッキに転がり、残された男の足元で停まった。

「なっ……」

彼は衝撃から立ち直るやいなや、恐怖と怒りに塗(まみ)れた感情でデッキに飛び出し、船から離れつつあるサメの背びれを睨み付けた。

「あの野郎……！　やってくれたな！」

そのまま、デッキに転がっていたロケットランチャーを手にし、サメの背びれに向かって狙いを付ける。

「木っ端微塵になりやがれ！」

感情のままに、さりとて狙いは極めて正確に、ランチャーから破壊力の高い榴弾が撃ち放たれる。

炸薬(さくやく)部の後部にある六つの噴射口から炎を上げ、サメに向かって一直線に飛ぶ弾頭。

だが、次の瞬間――

まるでそのタイミングを見計らっていたかのように、サメが海中から跳躍し、海上にその姿を踊らせる。

「なん……だ？　ありゃ……」

全身に半壊した拘束具か、あるいは身を守る鎧(よろい)のような金具を取り付け、下顎から白い骨が露出している不気味なフォルムの巨大鮫。

そのサメは、空中でムチのように身体をしならせ、その尾びれでロケットランチャーの側面を搦め捕るように打ち払った。

流れるような動きで方向を１８０度回転させられた弾頭は、来た時と同じ速度のまま小型船へと舞い戻る。

「は？」

何が起こったのか解らぬ傭兵がそう呟いた瞬間、船の側面に弾頭先端にある信管が直撃し、船が派手に爆発を起こす。

「————～～ッッ！」

先刻以上の衝撃で、残された傭兵もまた空に浮かび上がり——

着水を待つ事なきまま、先刻の男と同様、異形のサメの巨大な顎の中へと吸い込まれていった。


♪


『ヴォイド』の子にして紅矢倉雫博士の弟、カナデ。

己が何者であるかを確かめる為に。

自らの身体を破壊した者に復讐する為に。

『オネエチャン』である雫を救う為に。

もう一人の『オネエチャン』である、ベルタに恩を返す為に。

彼は今、帰還したのだ。
様々な欲望と悪意の渦巻く伏魔殿と化した故郷――『龍宮』へと。

第12歯

人工島『龍宮』襲撃二日目　午前11時40分過ぎ

【傭兵集団『バダヴァロート』による無線通信】

『おい！　ヘックスの奴はどうした！』

『こっちは三人やられた！　応援を早く寄越せ！』

『サブマシンガンじゃ話にならねえ！　ランチャー持って来い！』

『くそ！　道はあるが……下が水没してやがる！』

『威嚇(いかく)爆破のせいか!?　それともサメ野郎が何かやりやがったのか!?』

『知るか！　急げ！　パイプの上でも伝って来い！』

『信じられるか……あの野郎、鉄の配管をバターみてえに食い千切りやがった……』

『応答しろ！　ジョゼも喰われた！　喰われたんだぞ畜生！』

『助けてくれ！　銃が効か……』

『化け物……ッ！』

『違う！　違う！　あれはサメなんかじゃない！』

『口の中から……なんなんだ！　なんなんだよ！』

『ああ、神様、神様』

『早く！　早くベルトランさんかイルヴァの姐御を呼べ！』

『あんな化け物、俺達じゃどうしようも……ひゅぁ……』

『　　　……　　　　　…………――――』

『――――』

♪

30分前　研究所　機密区画

「……おう、分かった、姐御には俺から伝えておく」

無線機で誰かとやり取りしたベルトランが、通信を切ると同時に肩を竦めながら振り返る。

視線の先にいるのは、捕まったままの紅矢倉雫とラウラ、そして、その前で楽しげに眺めているヴォジャノーイだ。

あれから数時間が経過して朝を迎えたが、二人が眠気に襲われている様子はない。

囚われの身であるが故に、興奮と緊張が続いているのかもしれない。

ベルトラン達は作戦決行の夕刻までに仮眠を取っているが、ヴォジャノーイは昼からずっと仮の肩書き――『ウィルソン山田』として活動していた筈だ。

――眠そうな素振りすら見せねぇ。なんかキメてんのかねぇ。

そんな事を考えながら一歩その面々に近付き、ヴォジャノーイに対して問い掛けた。

「よう旦那、ちょいといいか？」

「何かな？」

「あんた、資料には一通り目を通してたろ？　……ぶっちゃけ、ここでサメを何匹飼ってたって事になってる？」

「？」

首を傾げたのは、紅矢倉雫だった。

ヴォジャノーイの答えを聞く前に、ベルトランはその雫の反応で大体察する。

そして、推察した通りの答えがヴォジャノーイの口から語られた。

「いいや？　正真正銘、ここでの飼育記録がある個体は一匹だけです。紅矢倉博士も、他に研究用の個体がいるというような話はしていませんでしたね」

「そうか」

ベルトランはそう言って頷くと、機密区画の奥まで移動してから通信器に手を伸ばす。

――姐御が仕留め損ねたとは思えねえが……万が一って事もあるからな。

「姐御、ちょっといいか？」

『どうした』

自らの上官であるイルヴァへと無線で呼びかけ、今しがた報告を受けた内容を口にした。

「西側の船着き場を見張らせてた連中が、何人か消えた」

『……敵襲か？』

「だったら良かったんだがな」

ベルトランは静かに息を吸い込むと、どこか楽しげに笑いながら言葉を続ける。

「別区画の奴が爆発音に気付いて、双眼鏡を燃える船の方に向けたらしいんだが……そこで、どでかいサメが海面から跳び上がって、うちの下っ端を呑み込んじまったとよ」

『……！』

声こそ無かったが、ベルトランは通信器越しに一瞬イルヴァの呼吸が乱れたのを確認した。

「ま、別のサメって可能性もあるが、一応な。そもそも船が爆発した理由も分かってねえが、とりあえず本土の方から日本の特殊部隊が到着したとかいうわけじゃなさそうだ」

『そうか、外周部の面子（メンツ）に警戒するように伝えろ。それと、今夜来る予定の回収班にも警告をしておけ』

「了解了解。雇い主の旦那にも、一応俺から報告しとくぜ」

『好きにしろ』

通信が切れた事を確認したベルトランは、再び雫とヴォジャノーイ、そして相変わらず涙目になっているラウラの元へと戻り、楽しげに両腕を広げてみせた。

「さてさて、お集まりの皆々様、嬉しいニュースと悲しいニュース、どっちからお伝えしましようか？」

芝居がかった調子で言い、即座に肩を竦めて訂正する。

「っと、悪い。あんたらにとっちゃどっちにしろ嬉しいニュースだな」

「？」

怯えながら訝しむラウラをよそに、ベルトランは雫とヴォジャノーイに向けて言葉を続けた。

「まず、俺らの仲間がさっき何人か殺された」

「！　も、もしかして特殊部隊とか自衛隊とか……」

ラウラがカタカタ震えながらも希望を交えた目で言うが、ベルトランは左右に首を振る。

「だったら、見せしめに人質を一区画分吹き飛ばして終わりだったんだぜ？　だが、相手は人質の意味なんてねえ化け物だからな」

「まさか……」

雫の目に光が宿り、ベルトランを注視した。

そんな彼女の期待に応えるかのように、ベルトランは苦笑交じりで答える。

「博士にとっての王子様かは知らねぇが……もしもそうだとしたら、こいつは俺にとっても嬉しいニュースだし、アンタにとってもそうだろ？　ヴォジャノーイの旦那」

「……興味深いですね。高威力の爆弾で仕留めた……という話でしたが」

薄い微笑みのまま、ヴォジャノーイは言葉を続けた。

「それでもなお生き延びたとするならば、こちらの想定以上の生命力を持っている可能性もあります。爆発に対する耐久力か、あるいは、そこからの生命維持能力が異常なのか……」

「細かい事はそっちで考えてくれや。俺が興味あるのは、例の特別ボーナスがまだ有効かどうかって事だぜ？」

「ええ、それはもちろん」

自信ありげな声でヴォジャノーイが言い、両手を広げて朗々と告げる。

「まあ無理でしょうが、生け捕りなら即金で３０００万ドル。死体でも臓器ごとに高値をつけますよ」

「マジかよ、前より値上がりしてんじゃねえか？」

「ええ、この研究結果と今の状況で、価値が上昇しましたので」

傍に積み上げられた研究資料を見ながら言うヴォジャノーイを、雫がジロリと睨み付けた。

「人の目の前で、家族に値付けしないでもらいたいね」

「おや、高値を付けた事を感謝して欲しいぐらいですよ」

今回の騒動の黒幕である男が、雫に向かって妖しく微笑みかける。

「生け捕りになった方がいいでしょう？」

「……次世代の個体の素材として、どちらにせよ命を奪う気だろう？」

相手の人格を見据えて断言する雫の目には、明らかに仇敵に対するかのような憎しみの色が浮かんでいた。

「まさかまさか。紅矢倉博士ともあろう御方が、やはり憔悴しておられるようです」

対するヴォジャノーイは、心外だとばかりに首を振った

「本当に再生力も高いとするなら……生かしたまま腑分けし続けた方が得でしょう？」

「あの子を……カナデを痛みを感じ続けるHeLa細胞にするつもりか？」

HeLa細胞というのは、半世紀以上前にヘンリエッタ・ラックスという女性から摘出され、本人の了承なく培養され続けている癌細胞の名称である。

「私は人間相手でも医療倫理は気にしない方ですし、ましてや『アレ』はサメのなり損ないです。寧ろ、それで人類に有用な研究が進むのならば感謝されるべきでは？」

「……」

「あっ、あっ、あのっ！」

今にも噛みつきそうな表情になった雫を見たラウラは、雫が暴れて射殺されたらたまらないと思ったのか、慌てて会話に口を挟む。

「で、でも、どうしてそんな大金を……？『ヴォイド』を生み出したのがあなただとするなら、もう一度同じ過程を辿れば……」

「再現するための手順が完全に残っているなら、それも確かに手だったんですがね。残念なが

ら、私一人の力というわけではないんですよ」

　ヴォジャノーイは苦笑しながら、芝居がかった調子で天井を仰いだ。

「カリュブディス内部でも内ゲバがありましてね、研究の中心人物がデータを道連れに死んでしまいまして。もちろん、残された資料でもなんとかなるのですが……『経験』だけはどうしようもない」

「経験……？」

「ええ、紅矢倉博士が先ほど仰っていた通り……『ヴォイド』の特徴は、一世代内における進化とでも言うべき変異の速さであり、記憶などはともかく、体組織の変異が子に受け継がれている可能性が高い！　それこそが我々の欲しているものです！」

　やはり芝居じみた調子で両腕を広げ、世界を祝福するかのような笑顔で朗々と語る。

「人食い鮫『ヴォイド』！　かの愛しき怪物が喰らいに喰らった人々の内、大半は己を屠る為に訪れた経験豊富な漁師や、戦闘経験に長けた軍人でした！　最新鋭のレーダーによる追尾や銃火器、秘密裏に海に散布された毒薬の猛攻に晒される中、それを潜り抜けるまでに進化した傑作ですよ！　まあ、その先で、残念ながら紅矢倉博士によって始末されたわけですが……その戦闘を生き抜いた上で獲得した性質の数々を受け継いでいるのなら、それはなんとしても手中に収めたい！」

　そこまでやや上気した顔で言い切った男は、一呼吸する事で感情を落ち着けてから言葉を締めくった。

「もう一度二百四十八人も食べさせるのは、正直言って手間ですからね」


♪

市長室

「やっと戻って来たか、どこを彷徨いていた？」

両手を拘束されているというのに、泰然とした調子でいう『龍宮』の市長、富士桜龍華。

そう声をかけられたのは、襲撃者のリーダーであるイルヴァだ。

彼女はこの部屋を出て行った時と同じように無表情だが、四肢に覗く擦り傷や煤汚れから、何かしらの戦闘を行ってきたのだろうと富士桜市長は推測する。

「……擦り傷の治り具合からいって、荒事をしたのは夜中の内といったところか」

「……」

何も答えないイルヴァの代わりに、富士桜市長から少し離れた場所で銃を持っている少女――野槌狐景が口を開いた。

「へえ！　凄いね市長さん、そんなの分かるんだ！　それとも適当に言っただけかな？　ハッタリってやつ?」

「もちろんその通りだ、ハッタリに決まっているだろう?　私はバリバリのインドア派だ。荒事に関する知識など持ち合わせている筈がない」

「イヒっ!　なんか言ってるよ!　ずっと私から銃をくすねようと狙ってた人がさぁ!」

冗談のように言う市長に、やはり冗談のように返す狐景。

「随分と、親しくなったようだな」

「っとと、姐御ぉ、そんな意地悪言わないでよ。こっちだって暇だったんだからさ。映画みたいに一人ずつ人質を撃ち殺すとかそんなイベントも無いわけじゃん?　まあ、言ってくれれば今からでも平気でやれるけど?」

淡々とした調子で言うイルヴァに対し、言い訳するように早口で捲し立てる狐景。

彼女自身も、イルヴァの一言で気付いたのだ。

人質である筈の富士桜市長に対し、自分が想定以上に心を開いていたという事に。

「いや、構わない。だが、気を引き締めろ。島から奪還するものが少し増えた」

「あれれ?　何かあったの?　声が固いよー、姐御」

イルヴァはそこで、狐景が何か行動を起こしても対処できる所まで近付くと――

いつも通りの無表情のまま、淡々とした調子で事実だけを口にした。

「三人、この島の警察に捕らえられた」

「その内一人は、灯狸（とうり）……お前の弟だ」

♪

人工島『龍宮』警察署内

「何か、分かったのですか？」

研究施設の主任の一人であるクワメナ・ジャメは、小さな会議室のような場所に入るなりそう問い質（ただ）した。

部屋の中に、数時間前に話したばかりの警察幹部と、その部下と思しき数名が難しい顔をして座っていたからである。

「大きな進展があったわけではないが……。ジャメさん、あなたの協力が必要になった」

「進展……先ほど、西の方から爆発音のようなものが聞こえましたが？」

「海の方から煙が上がっていたが、詳細は分からん。ラジオによると、本土からも煙は見えているらしいが……」

音などで何かが起こったのは分かるが、肝心の港や高台への道が重武装の襲撃者達によって封鎖されている為、全貌を掴む事ができない。

「つまり、救助隊が来て戦闘が行われている……というわけではないのですね。では、私に協力とは?」

てっきり研究所に部隊を突入させる為の案内だと思っていたクワメナは、首を傾げながら警察幹部の言葉を待つ。

「ゆうべ、君が捕まえてくれた三人がいるだろう」

「ええ、何か吐きましたか」

「二人は黙秘しているが……そいつらとは隔離していた少年が、君となら話がしたいと言っている。いや、正確には筆談という事になるが」

「筆談、ですか?」

「古傷だが……喉が抉られた形跡がある。それで発声に支障があるらしい。完全に喋れないわけではないが、筆談が主になるだろう」

「なるほど……何故私が?」

肝心な事を問うクワメナに、所轄の幹部である男は苦虫を噛み潰したような顔で首を横に振った。

「分からん。そこに関しては黙秘している。一応あんたは民間人って事になってるからな。普段ならそんな真似(まね)はさせないんだが……状況が状況だ。面会、というかたちで処理するし、何かあったら責任は俺が取るから安心してくれ」

「身体に爆弾を仕込んでいるかもしれない襲撃者と相対するのに、安心もへったくれもありませんがね」

部屋の内部に居た者達が目を細めるのを見て、クワメナは小さく息を吐きながら言った。

「冗談ですよ」

ジャメはそう言うと、同意の代わりに『早く案内してくれ』とばかりに席を立つ。

「殺すつもりなら、最初から銃器を使っていたと思いますから」


♪

市庁舎　通路

「……分かった。島の西側に、ドードーと重火器班を回す。シードラゴン班とセイレーン班には警戒を続けるように伝えろ。風間(かざま)の班には、灯狸達の奪回を任せる」

イルヴァがそう告げると、耳につけた通信器のイヤホンからベルトランの声が響く。

『へいへい、仰(おお)せのままに。……ちなみに、狐景には？』

「……ああ、伝えた」

『暴れたんじゃないっすか？』

「ああ、放送設備に駆け込もうとした。今は銃を没収して、市長と同じ部屋に拘束している」

イルヴァはあくまで淡々と、そうなる事が分かっていたので事前の取り決め通りに事を成した、とばかりに説明した。

「ベルトラン、電気を一部復旧させる。博士達を連れてエレベーターでこちらに戻れ。私が例のサメを本当に仕留め損ねていたのなら、海面より下は危険だ」

『マジですかい？　そりゃ、ここは高さ的には海中っすけどねぇ。水に近付くつもりはありませんぜ』

「戦った感触だが……あのサメには、明確な知性がある」

断言するイルヴァに、通信器の向こう側でベルトランが黙り込む。

そんな彼に対し、イルヴァは更に続けた。

「復讐に来たサメが、博士を害すると言っている我々を探すとしたら……最後に博士の姿を見た、その区画に行くだろうからな」

『はぁ、姐御まで、あのサメが人間の言葉が分かるだなんて言うつもりですかい？』

呆れたようなベルトランの声に、イルヴァは無表情をわずかに崩し、どこか楽しげに口角を上げる。

そして、昨夜の心地好き殺し合いを思い出しながら、彼女は半分独り言のように呟いた。

「奴は……常識で測れる段階など、とうに超えている」


♪

龍宮警察署留置場　面会室

ジャメが面会室に入ると、そこには真新しい純白の壁が広がっていた。

最近塗り直したばかりなのだろう、部屋の中には独特なペンキの匂いが微かに残っている。

「留置所まで美麗に保とうとするとは、龍華らしいな」

市長の名を呟きながら椅子に腰をかけたところで、部屋の中央を仕切っている『透明な壁』の向こうに動きがあった。

足を引き摺りながら歩く小柄な影と、それを一歩離れた場所から見張る警官が扉から現れる。

「やあ、足の具合はどうかな？」

ジャメは巨大な強化アクリル製の仕切り越しに、対面に座る少年に声をかけた。

足にはギプスのようなものが嵌められており、ジャメは襲撃犯の仲間である少年にも通常通りの治療が為された事を確認し、少し安堵の色を浮かべる。

手錠を嵌められたままフェルトペンを持たされた少年は、ジロリとジャメを睨め付けたまま沈黙を続けていたが――やがて、小さく息を吐き出し、用意されたメモ用紙に文字を綴る。

柔らかいフェルトペンなのは、ボールペンや鉛筆では凶器として扱われると判断しての配慮だろう。実際その少年兵の動きを一瞬とはいえ見ているジャメとしては、鉛筆一本あれば不意打ちで警官の一人か二人は殺傷せしめるだろうと考えていた。

警察における逮捕術や柔道、剣道の講習において腕に覚えがあるならば話は別であるが、訓練を積んだ軍人でも侮れぬ動きをする少年だとジャメは警戒していた。

アクリル板に穿たれた会話用の小さな穴を通して、何かしら針を飛ばしてきても不思議ではない。

ジャメは警戒を怠らぬまま、少年に穏やかな笑みで相対している。

【けいさつに、きいていませんか】

「ああ、アキレス腱が無事で何よりだが、いくらか筋繊維が断裂したようだね。車椅子かと思ったが、君は地力で歩いてその椅子に座った。激痛が続いているだろうに」

「……」

こちらに警戒の目を向けている少年を改めて見るジャメ。

年齢は10代半ばといったところだろうか。

童顔という事を差し引いても、高校生というよりは中学生程度に見える。

【あなたは、なにものですか】

「おいおい、私が誰なのか分かって襲ったんじゃないのかな？」

【けんきゅうしゅにん、ひみつのばしょに、いける】

「機密区画の事か……」

既にイルヴァによって障害である巨大鮫は排除され、ジャメの権限がなくともベルトラン達は機密区画に辿り着いている。

だが、捕らえられた少年兵もジャメも、その事実をいまだ知らずにいた。

彼らは互いに古い情報で状況を納得しながら、互いに情報を聞き出すべくやり取りを進める。

「名前は？」

ジャメがそう尋ねると、少年兵は何度も聞かれ慣れているのか、その答えだけは漢字を用いてハッキリと書き記す。

【野槌灯狸】

「ノヅチ……アカリ？」

「……トー、リ、……です」

少年が、喉の奥から絞り出すような声を出した。

確かに少年の喉の左右には大きな古傷があり、ジャメはその傷について、事故などではなく、意図的に声帯を狙って傷つけられたのではないかという印象を抱く。

そんな物騒な推測は表情に出さず、穏やかな表情のまま口を開いた。

「トーリか。良い名前だ。この島を暗闇にした連中の仲間である君に『灯』という文字が使われているのはなんとも皮肉な話だが」

【あなたは、なにものですか】

先刻書いたメモを拾い上げてもう一度見せる灯狸に、ジャメは軽く息を吐き出してから口を開く。

「クワメナ・ジャメ。……という事を聞きたいわけではなさそうだな」

【おと、かんぜんに、けしました。どうして、わたしのうごきが、わかりましたか】

灯狸は単純な疑問と思しき言葉を紙に綴った。

——なるほど、確かに完全に無音だったな。

ジャメはそう心中で呟きながら、襲撃された時の事を思い出す。

大人の二人を倒した後、少年はジャメの視界から姿を消しており、頭上高くから音もなく襲いかかって来たのである。

恐らくは狭い路地を巧みに利用し、壁を登るかたちで頭上に周り込んだのだろう。

——素晴らしい技術だった。

——それ故に、何故反撃を受けたのかが解らない……というわけか。

——フフ、それで『私となら話す』と言い出したのだとするならば、そんなところだけは随分と子供らしいのだな。

心中で苦笑しつつ、ジャメは『ならばこそ、真剣に答える必要があるだろう』と気を引き締めた。

「ふむ……何と言ったら良いかな」

椅子の背もたれから身を離し、ジャメが前に重心を預けてアクリル板越しに少年へと顔を近づける。

「私は確かに、君と同じように元は少年兵だった。そこで鍛えられたというのもあるが……それだけならば、あの奇襲に対応する事はできなかっただろう。運良く周りを見回して上を向けたとしても、理解が追いつく前に一撃を喰らっていただろうな」

【だったら、どうして?】

焦燥したように文字を綴る灯狸に、ジャメは落ち着いた調子で答えた。

「生き延びたからさ。君と同じように、音も無く……それでいて、君よりも遙かに危険な奴の襲撃からね」

「?」

首を傾げる灯狸に、ジャメはなおも続ける。

「空気の流れの変化、ほんのわずかな視界のブレ、一つ一つでは認識できない様々な材料が積み重なって、勘のようなかたちで……というよりも、死を乗り越えた経験が、私に伝えるんだ。次にどう動くべきか、あるいは、どこに死が迫っているか……」

——イルヴァさんと、同じ？

灯狸が『危険な流れが光の帯として見える』というイルヴァの特殊な感覚について思い出し、驚愕しかけたところで——更に驚愕すべき事が起こる。

「そう、例えばこんな風に」

ジャメは穏やかな笑顔のまま長い腕を横に突き出したかと思うと、何も無いように見える空間、そのもの、を掴み上げた。

「がっ……！」

何者かの声が響き、空間がめくれて、ジャメの隣に一人の男が姿を現す。

奇妙な質感の布と、その男が持っていたと思しきナイフが床に落ちた。

そこで初めて事態を理解した、ジャメと少年の背後にそれぞれ立っていた警官達が驚愕に目を見開く。

「なっ……！　だ、誰だ!?」

ジャメの背後の警官が、慌てて拳銃を抜くが、ジャメはそれを制しながら言った。

「問題ない、もう気絶した」

伸ばされた手の指先は男の喉元に食い込んでおり、喉仏を潰された都市型迷彩服の男は既に意識を失っていた。

「じゃ、ジャメさん。これは……？」

騒ぎを聞きつけて入って来た警察幹部の言葉に、ジャメは小さく溜息を吐きながら答える。

「光学迷彩の布だ。数年前から試作品はテレビでも紹介されていたが……軍事用に耐えうるものが完成していたようだ」

気絶した男の顔からマスクを剝がし、アクリル板越しに少年に見せる。

「知ってる顔かな？」

少年は声には出さなかったが、口をパクパクと動かした。

その唇を読み、クワメナが男の身を警官に預けながら呟く。

「かざま……というのかな？」

「！」

唇を読まれると思っていなかったのか、仲間の名を知られるという自分の失態に歯嚙みする灯狸。

そんな子供らしさを見せた少年兵に対し、ジャメは椅子に座り直しながら先刻の話の続きを口にした。

「運が良かったのさ。私達はたまたま生き延びた」

ジャメの目から光が消え、何かに怯えるように汗を滲ませる。

「多くの仲間が奴に喰われた、差などない、死神の鎌からたまたま生き延びたからこそ、その感覚が研ぎ澄まされたと言えるだろう。だからこそ私は、音も無い君の奇襲に対応できたと言えるね」

遠い過去を思い出すように虚空を見つめ、ジャメは静かに二人の名を口にした。

「紅矢倉博士に富士桜龍華市長……あの二人も、よくもまあ、あの死神……『ヴォイド』を相手に生き延びたものだよ」

「……」

ジャメの静かな迫力に、気圧された灯狸が息を呑む。

「少年よ、祈り続けなさい」

どのような想いがあったのか、ジャメはただ静かに――少年を憐れむように言った。

「開いてしまった箱の底に、まだ希望が残っている事を」

♪

人工島　中央部

「私達、どうなるのかなぁ」

「帰りたいよう」

周囲の子供達が憔悴しながら不安を溢（こぼ）していたり、あるいは気絶するように眠りに落ちている状況の中、フリオもまた、己の中の不安を隠さずに空を見上げていた。

早朝は幾ばくか朝日が覗いていたが、現在は再び雲が厚くなりつつある。

薄暗さがそのまま心の不安へと繋がるが、さりとてフリオには何もする事ができず、誤魔化すように周囲の景色を目で追い続けた。

「……?」

そこでフリオは、一つの異変に気付く。

最初は全面的に電気供給を遮断されていたが、現在は自動販売機やコンビニ、公衆トイレなどには配電が行われていた。

昼時ではあるが、薄暗い空模様の中ではそうした灯りをかろうじて認識する事ができる。

フリオには方向感覚は無かったが、実家がどちらの方角かという事だけは引率の教師に聞いて確認していた。

実家にいる家族に想いを馳せる時、気休めとは分かっていても、自然とそちらに目を向けてしまう。

だからこそ、少年は気付いた。

最も本土に近い方角に見えるコンビニエンスストアの店内が、一瞬だけ薄暗くなった事に。

それは、店の中にいた店員や食糧を求めて並んでいる客からすれば単なる一瞬の明滅に過ぎなかった。

だが、フリオを含め、たまたまそちらを見ていた人々の一部が気付く。

流れるような動きで、コンビニの隣にあった自動販売機が、続いて更に東側にある公衆トイレの内部の灯りも一瞬だけ点滅したという事に。

点滅——あるいは島を泳ぐ影のようにも見えるその異常現象は徐々に移動し、街の中心へと向かっていく。


「？　なんだったのかな、今の……」

何か不気味なものを感じたフリオがそう呟くのと、島全体に異変が生じたのはほぼ同時の事だった。

「あれ……？」

――なんか、揺れて……。

自分がふらついたのかと勘違いしたが、そうではないとフリオは即座に理解する。

級友達をはじめとして、視界の中にいるほぼ全ての人間が、慌てたように周囲や足元を見たり、その場にへたり込んだりし始めたからだ。

「じ、地震？」

爆発などとは明らかに違う、緩やかで、それでいて膨大な力を感じる揺れ。

何が起こったのか解らぬまま、周囲にいた大人の一人が声を上げた。

「お、おい！　なんかおかしくないか……!?」

その男は、近場のビル――島を流れる河川のすぐ向かいのビルを指差している。

フリオ達がそちらに目を向けると、先んじてそちらを見ていた生徒が大声を出した。

「あっ！　あのビル、動いてるよ！」

「ほんとだ……！　ゆっくりだけど……」

何が起こったのか気付いた教師の一人が、慌てて生徒達に叫びかける。

「みんな！　離れて！　川から離れなさい！」

教師の焦った声に追い打ちをかけるように、別の大人が決定的な一言を口にした。

「なんてこった……島が……島が割れていくぞ!?」

大規模な火災や浸水などが起こった際に発動する、島内最大規模の防災システム。

河川によって区切られたそれぞれの区画が分離し、独立した浮島となって被害の拡散を防ぐ大規模な仕掛けだ。

武装勢力によって島全体のコントロールが掌握された現在、そのシステムへの給電も停止させられていた筈なのだが——

フリオが見た異常な明滅現象が合図であるかのように、その機構が初めて発動させられた。

偶然でもなく、事故でもなく。

島の下側を泳ぐ何者かが抱いた、確固たる意志によって。

第13歯

探知る。

認識る。

網羅る。

太平洋上に浮遊する人工島『龍宮』。

その底の更に下を潜るかたちで泳ぎながら、カナデは己の周辺に存在する電流を感知し、それぞれがどういった繋がりをしているのかを把握していく。

島の多くの部分が停電している状態だが、カナデは自らの発電器官によってある種の電界を形成し、その中にある様々な物——電流を流しやすい導線や絶縁体を通して、頭上に広がる人工島の構造を解析し続けた。

その作業の傍ら、電界の中に探知される数多の生命体——主に『食事』として与えられていた魚類を捕食していく。

そのタンパク質やミネラルは、およそ常識とは思えぬ速度で分解され、カナデの新たなる細胞として再構築された。

同時に、そのエネルギーは人間とは異なるカナデの脳をフル回転させ、やはり常識から数段回逸脱した速度で『学習』が完了していく。

わずか十分足らずの間に、カナデは理解したのだ。

『龍宮』の要となる基幹システムを。

電気回路についての詳細な知識などは当然持たず、サメとしての本能にそんなものが刻まれているわけもない。

一匹の特殊な個体であるサメ――『ヴォイド』のDNAを受け継ぎ、特殊な環境下で学習を続ける事で形成された唯一無二の脳を持つ『カナデ』という存在は、もはや紅矢倉雫博士の想定すらをも大きく超えた場所へと辿り着いていたのだ。

彼は、カナデは、把握する。

どこにどれだけの電圧を流せば、頭上に広がる『地形』が如何なる挙動を起こすのかという事を。

そして、カナデは迷わず島の分断を実行した。

いかに海上であるとはいえ、ほぼ地上と変わらぬ堅牢さを持った浮島を、水の世界の住人が自由に往来できる環境に塗り替える為に。

システムが作動し、頭上の巨大な構造物がバラバラに分離していくのを確認しながら、カナデは静かに安堵した。

完全なる変換は不可能としても、敢えて人間の言葉にその思考を置き換えるならば、それは次のような意味合いとなる。

——ああ、これでずっとずっと探しやすくなった。

——『敵』と、『オネエチャン』を。

♪

人工島『龍宮』市長室

人工島を走る、光の明滅によって生み出された巨大な波。

その現象の危険性をいち早く感じ取ったのは、光を見る事ができぬ盲目の少女だった。

「……？」

「どうした？　やっと顔を上げたな」

富士桜市長が声をかけるが、相手の少女――野槌狐景は反応をしない。

突然顔を上げて、何かを探るように首をゆっくりと動かしていた。

少女は先刻、自らの上司であるイルヴァによって弟が警察の手に落ちた事を知ったのだが、その結果として暴走しかけた為、拘束されて市長と共に軟禁されたのである。

最初は拘束を解こうともがいていた狐景だが、やがて精も根も尽き果てたのか、市長の傍の床に転がって沈黙を続けていた。

そこに来て急に反応を示したので、富士桜市長はその理由が気に掛かり、再度尋ねる。

「……何か、聞こえるのか？」

「……」

一瞬沈黙したが、狐景は顔をゆっくりと市長の方に向け、確認するように問い質した。

「ねえ、この島って……変形とかする？」

「変形？」

「低い音が鳴り始めたんだけどさ……反響がおかしいっていうか……」

「この島、バラバラになってない？」

♪

人工島『龍宮』西部

「おいおい、こいつはどうなってやがる？」

スキンヘッドに派手なタトゥーを入れた大柄な男が、体軀（たいく）に見合った太い声でそう呟いた。

沖合で船が炎上しているのを見ていたその大男は、足元がほんのわずかにぐらつくのを機に、周囲の異変を感じ取ったのである。

常人ならば気付かぬほどのわずかな揺れだ。

しかしながら、彼が傭兵として培ってきた経験が、それを気のせいだとして看過する事を許さない。

結果として狐景の次に島の異変に気付いたのが彼であり、それを皮切りとして、徐々に島の上にいた人間達も周辺の変化に気付き始めていた。

「おい、ベルトラン！」

大男は無線を取り出し、自らの仲間であり副官として全体を纏（まと）めている男に問い掛ける。

「島がバラバラになり始めてるぞ！　こりゃ、俺達が離脱する時の囮としてやる筈じゃなかったのか！」

『ああ？　待て待てドードーよぉ、何かの間違いじゃねえのか？　それと、あんま大声で言うな、その計画は一部の奴にしか教えてねぇんだ』

ドードーと呼ばれた大男は、唾を飛ばしながら無線機の向こうにいる相手に叫んだ。

「間違いなわけあるか！　クソ、水路がもう最初の倍ぐらい離れてやがる！　区画ごとの移動には船がいるようになるぞ！　戻せるならとっとと戻せ！」

『待て待て、分離は計画の内だが、もう一回くっつけるのなんて想定外だぜ……まあ、とにかくこっちはなんとかすっから、手前（てめえ）は手前の仕事をやれドードー！　いざとなりゃ殺してもいいが、できる限り生け捕りにしろよ？　ご自慢の銃で狭い水路まで追い込め……』

無線からそんな副官の声が響くが、言葉が途中で止まり、訝しむように続けられた。

『……イヤ待て、もしかして、その水路自体がもうねえのか？』

「こっちの区画にゃ浅瀬もねえからな。そもそも、ドデカい人食い鮫なんて見当たらねえぞ？　デッキが吹き飛んで燃えてる船が浮かんでるだけだ。煙が邪魔だから消しとくぞ。じゃあな」

それだけ言って無線を切ると、ドードーは両腕に抱えていた一丁のミニガンを構え直す。

ミニガン、というのはあくまで大本となったバルカン砲をスケールダウンした経緯からそう呼ばれているに過ぎず、実際はヘリや銃座などに装着して前方を薙（な）ぎ払（はら）う重厚な固定兵器だ。

携行用に改造されているものの、そのミニガンは本体重量だけで軽く15kgを超えており、弾薬等も含めれば50kg以上にもなる代物である。

それを両手で持ち上げるドードーは、まさに肉体そのものが鋼の台座であるとでもいうかのような佇まいだ。

「しかし、ドードーは流石だな。また弾薬の量を増やしたんじゃねえか？」

周囲にいた仲間の言葉に、ドードーは苦笑しながら首を振る。

「さてな、世の中にゃこいつを片手持ちして二丁振り回す女も居るらしいぜ？」

「そんなバケモン、いてたまるかよ」

ゲラゲラと笑う周囲の仲間達だが、ドードーはニヤリと笑いながらも警戒を続けていた。

「どうかな、少なくとも、俺達がこれから仕留める相手もバケモンらしい」

ドードーの視線の先には、広大な海とその向こう側に見える日本の本土。

当然ながら水深も深く、目に映る水面は全て敵である巨大鮫のテリトリーであると言えた。

「電気がどうとか言ってたが……水辺には近付かねえ方がいいんだろ」

もしも船を沈めたのが昨晩仲間達を殺した巨大鮫だとするならば、人を軽く殺せるレベルの電圧を放出する可能性がある。

傭兵達には既にその情報は周知されているため、迂闊に水辺に近付く者はいなかった。

だからこそ、遠距離でも十分な制圧が行える重武装であるドードーの班が指名されたのであり、実際ドードー以外の面子も軽機関銃やグレネードランチャーといった火力の高い装備に身を固めている。

「つーか、あの船……邪魔だな」

ドードーは小さく溜息をつくと、己の得物であるミニガンを構えなおし、洋上に浮かんだまま炎上している小型船へと狙いをつけた。

次の瞬間、曇天を切り裂くかのような轟音が周辺に木魂する。

金属に木材、硬化プラスチック。小型ながらも様々な素材によって構成された頑丈な船体が、音の反響に合わせて菓子のウエハースやモナカを思わせる勢いで軽々と弾け飛ぶ。

ミニガンの銃身から毎分数千発という勢いで放たれた7・62×51㎜NATO弾が、小型船の側部へと襲い掛かったのだ。

まるで巨大な不可視のドリルが押し付けられたかのように、残された船体がみるみる内に世界の中から抉り消された。

粉々にされた船が水中に消えて行くのを見送りながら、『試し撃ち』を終えたドードーが口を開く。

「ま、知恵が回るってんなら、少し撃ちゃこっちの武器の威力も解るだろ。ベルトランが島を

元に戻せねえってんなら、追い込む場所を作る必要があるな」

手にした破壊兵器とがさつな物言いとは裏腹に、ドードーは慎重に状況を窺っていた。

サメは既に西側にはいないかもしれない。

通常の島ならばともかく、ここは人工島の浮島であり、島の下を潜れば簡単に反対側に回り込めるし、島の区画同士が分離した現状では、全ての水路が一種の海峡と化しているのだから。

――っち。貧乏籤だぜ。

――サメに手間取ってる間に、日本政府の介入があったらどうすんだ？

そんな想いもあったが、一方では『ヴォイドの子』である巨大鮫にかけられた賞金が魅力的であるのも確かだった。

リスクとリターンを天秤に掛けた場合、確かにドードーもベルトランと同じく賞金の方に心は傾くが、決して無理はできない。

――内臓や肉片にも金は出すって話だからな。

生け捕りが無理だと判断したら、即座に重火器の集中砲火でミンチにする事も辞さぬと決意し、ドードーは背後にいる部下達の元へと戻り――

己の愛馬とも言える、軍用の全地形対応車へと跨がった。

バイクの幅を拡げ、四輪仕様にしたようなフォルムの車両。

後部には換装用の弾薬が大量に積み上げられており、その一台だけで小規模な武装勢力を相手取れるかのような威圧感を出している。

周囲の部下達も重火器を装備したまま似たような小型の車両に跨がっており、それらは傭兵集団である『バダヴァロート』がこの作戦の為に船に積んできたものだと思われた。

クアッドバイクのエンジンをかけ、一つの移動兵器と化したドードーはニヤリと笑う。

「んじゃ、まあ……いっちょ派手に切り、裂いて、やるとするか」


♪

水面下200m

音は振動であり、空気の震えという形で伝播する。

気体の空気が振動するならば、当然ながら振動が伝わる水中でも音は伝播するものであり、音は水中の方が空気中よりも数倍速く伝わるというのは当然のことだ。

更に言うなら、水中の方が音は空気中と比べてより遠くまで精細に伝わる。

海水の場合は水中に溶け込んだミネラルなどがある周波数の音に影響を与える為、一定の音は途中で減衰するが、低周波の音はそうした影響を受けにくい為に一際遠くまで届く。

水温と水圧差によって屈折しやすいという点などもあり、実際の音の拡散は複雑な絡み合いを見せるが――

聴覚の発達した一部の魚類は、その世界で生きるが故にその絡まりを全て脳内で解きほぐし、周辺の音にまつわる環境を事細かく把握する。

更に言うならば、カナデという個体は、陸上に関する一定の知識すら蓄え、今もなお学習を続けているのだ。

『生存』に必要な才を己の身に積み上げる為に。

研究所の中で積み重ねられた知識と経験は、大海原への解放、そして自分の命を脅かす明確なる『敵』との遭遇という二つの鍵により、無尽蔵な才能として花開く。

カナデという個体は、現在進行形で成長と変異を続けていた。

育ての親である雫や、彼自身すら予測もつかぬ速度で。

それは聴覚だけでなく、音という情報から何を思考するかという知能についても当てはまる。

西の方角から聞こえてきた轟音と破砕音。

――人間の使う攻撃手段の一種である『ジュウ』。その変化系。

――それにより、人間の移動手段の一つである『フネ』の破壊が行われた。

そして、何かが駆動する音。

――『エンジン』と呼ばれているものの駆動音。

――十二の小さな『シャリョウ』の存在を確認。


カナデは水の奥深くから、ただ静かに情報を探り続ける。

彼にとって重要な情報。

『オネエチャン』である、『ベニヤグラ・シズク』という個体の居場所。

『フリオ』という個体の居場所。

そして――自分と『オネエチャン』の命を脅かす個体と、そうでない個体の識別。

つまるところ、島の上に無数に蠢く人間という種族の中で、どの個体が己の『敵』なのかという事を。


その分析を、カナデは淡々と続けている。

自分の身体を構成する為の食事と並行しつつ。

多量の魚介類からタンパク質やミネラル、甲殻類からはキチン質——更には海中を漂っていたスチール缶や海洋ゴミなどの『鉄分』までをも摂取しながら。

生きる為の目的を得た『ヴォイドの子』は、まさしく海底の魔神へと進化しつつあった。

姉により与えられた知性と、母より受け継ぎし肉体を伴って。

♪

機密区画

「おい、この島ってのは、そんな簡単に付いたり離れたりできんのか？」

雫に対してそう問い掛けたベルトランだが、答えを返したのはヴォジャノーイだった。

「分離に関しては、そう複雑な手順は必要ない筈ですよ。分離後はそれぞれの区画の電気系統が全て停止していたとしても備蓄燃料を元に自立浮上する上に、互いの区画の衝突事故などを防止する機構も働く筈ですから。まあ、そこまでできるからこそ人工島の上に町をつくるなどという事が認められたのでしょうがね」

関心半分、呆れ半分で言うヴォジャノーイに対し、ベルトランが言う。

「つまり、島の誰かが俺らを困らせる為に発動させたって事か？」

「市庁舎と島のコントロール施設は抑えているのでしょう？」

「……まあな。そこは流石に優先的に抑えてる」

「可能性があるとすれば、私やあなたがたの知らない場所……例えば警察署などにもコントロールシステムが存在していたか、あるいはいくつかの爆発を島のシステムが『緊急性のある事故』と受け止めて自動発動したか……」

いくつかの推察をするヴォジャノーイに、ベルトランが首を振った。

「仮にシステムがあったとしても、俺らをどうにかするために大胆な手を使おうなんてのは市長ぐらいだろうよ。んで、その市長はまだ無事に拘束中だ。あの程度の爆発で自動的に起動するぐらいだったら、昨日の脅しの時点でもうバラバラになってんだろうよ」

島を制圧した時点で、ベルトラン達は島の無人区画の建造物などをいくつか爆破している。

当然ながら脅しが目的であり、島の浮上システムそのものにダメージを与える規模ではなく、音と爆炎こそ派手だが通常の自動消火システムで延焼を防げる程度のものだった。

実際、人質となった島民と本土から爆発を確認した外部の者達に恐怖心を植え付けた後は、比較的速やかに消火作業が完了していた。

そうなるようにベルトランの部下達が配電をコントロールしていたので、そこに間違いや見過ごしはない。少なくともベルトランはそう確信している。

「まあ、とにかく島を一旦元の形に戻す必要があるな……。どうすりゃいいか分かるかい、博士さんよ」

問い掛けられた雫は、ゆっくりと顔を上げながら答えた。

「……分離は緊急事態だから大規模な災害時には自動発動もするが、戻すには各区画のコントロールシステムをそれぞれ作動させる必要があるし、専門の業者も必要だ」

どこか突き放すように言う雫に、ベルトランは舌打ちしながら無線機に手を伸ばした。

「姐御か？　もう気付いてるかもしれねえが、問題発生だ」

予想外の事態が続いた事に対して好奇の笑みを浮かべつつ、その瞳にはしっかりと副官としての警戒心を満たしながら上申する。

「脱出を早めた方がいいかもな。例の怪物に関しちゃ……ドードーだけじゃ不安だ、セイレーンの連中を動かすぜ」

「あの、島がバラバラにって……どういう事です？」

ベルトランが無線通信の為に離れていったのをきっかけに、ラウラが小声で雫に尋ねた。

「……さっき、少し周囲が揺れたろう」

「え？　ああ、そういえば、なんとなく……」

「恐らく、区画ごとの緊急分離システムが発動した。ちょっとした爆発事故程度では発動しない筈だし、正規の手順なら、ここも含めて島全体に事前に警報音が鳴り響く筈だが……」

「……もしかして、助けに来た特殊部隊の人達がやったとか……」

少し離れた場所に座っているヴォジャノーイを警戒し、小声で囁くように尋ねるラウラ。

だが、雫は苦笑した後に首を振った。

「下手に刺激して、逆上した犯人達が人質を殺し始めかねない手を救出部隊が取るとはあまり思いたくないね」

「部隊じゃなくて、映画みたいに誰か一人が戦ってるとか……」

「……」

諦め半分の冗談で呟かれたラウラの言葉だったが、そこで雫は言葉を止める。

「先輩？」

「……そうか、……ナデなら……を使って……いや、だがそこまでの学習能力……把握でき……なのか……。いや、だが……を目的として……」

「先輩？　先輩？」

ブツブツと口ごもりながら言う雫を見て不安になり、両腕を拘束されているラウラが足先で彼女の靴をつつく。

「ん……ああ、すまない。少し、夢想に耽っていたよ。私もやはり不安なんだろうね」

苦笑する雫に、ラウラは首を傾げながら言った。

「夢想に耽ってるって感じじゃなかったですけど……何を考えてたんですか？」

問われた雫は、表情に自嘲の色を濃くしながら答える。

「……ただの、姉の欲目さ」

その口から零れ出たのは、確かに欲目と現実逃避を組み合わせたと言える言葉だった。

「カナデが……私の想定を超えた変異をしてくれたんじゃないかと思ってしまった」

ラウラは、見た。

次の言葉を吐き出す直前彼女が、これまで『カナデ』について語ってきた時のような狂気でも、研究者としての冷徹な一面でもなく、本当に家族について夢想する一人の人間としての貌を見せていたのを。

「こんな……何もしてやれなかった私なんかを、助ける為に……ってね」

♪

警察署　会議室

「研究所のデータが目的だとすると、救助を急いだ方がいいな」

クワメナと警察署員達も、現在の島の区画同士が分離しているのを確認していたが——彼らは、それが島を襲撃した傭兵集団によるものだと考えていた。

「島の中央区にも、騒動が広まり始めている頃だろう。あそこが一番観光客が多い」

「何が目的なんだ？　陽動か？」

「ならば、この隙に連中が島を離脱する可能性は高いな……」

龍宮警察署の幹部達がそんなことを語り合うのを聞き、研究所についてのアドバイザーとして呼ばれたクワメナが呟く。

「通常の船舶で逃げるとすれば、追尾を止める為に人質を連れていく筈だが……そんな不確実な手を取るとも思えん。恐らくは、潜水艇か何か、秘密裏にここを離れる準備ぐらいはしているだろう」

「……それはつまり、放置しておけば、観光客は無事に解放されると……？」

「流石に大量虐殺をして世界世論そのものを敵に回すような真似はしないと思いたい。連れて行くとすれば、研究所の面々や市長といった、影響力の大きい人物だろう。ただし強硬策を取らせない方向に世論を動かすつもりならば、観光客の中から子供などを複数連れ去る可能性もあるが……まあ、そもそもこんな大規模な襲撃をやらかす集団の倫理観には期待しない方がいい」

淡々と告げた後、クワメナは静かに続けた。

「研究所は政治的な重要度に鑑みて、あらゆる区画から分離して独立するかたちとなっている。情報が正しいとすれば、少なくとも武装勢力の内の十数名は研究所内部にいる筈だ。私の仲間達を人質にしてな」

目を細めつつ、クワメナが拳を握る。

「襲撃者の全容はまだ分からないが、最新技術……下手をしたらまだ世間的には実用化されていない筈の装備まで持ち出しているような連中だ。仮に日本の本土から特殊部隊が来たとしても、圧倒できるかどうかは微妙なところだろう」

「ああ、それは解ってる。だからこそ、研究所だけを特別扱いはできない……」

申し訳なさそうに言う警察幹部に対し、クワメナは苦笑しながら首を振る。

「当然だ。うちの方だけ人員を回してくれなどという虫の良い話をするつもりはない。私としても、そちらに迷惑をかけないように全力は尽くすつもりだが……」

「？　おい、ジャメさん。あんたまさか……研究所に戻るつもりじゃないだろうな？」

「万が一の時の為に、研究所の周囲の区画には短距離移動用のジェットスキーや個人用の潜水具が配備されている。私のカードキーなら格納設備を開ける事ができる」

偵察か、あるいは救出まで試みるつもりなのだろうか。

自分一人で研究所区画に向かうとでも言いたげなクワメナ・ジャメを前に、警察幹部の一人が困ったように眉を顰めた。

「だが……」

「ああ、解っている。協力を求めるつもりはない。君達が表立って動けば連中を刺激する事になるからな。私だって研究所の仲間は大事だが、他の人質がどうなってもいいとは思わんよ」

「あんたが場馴れしてるのは分かるが……連中の数も分からないんだ。死にに行くようなもんだぞ」

先刻の事件の後、灯狸という少年にいくつか質問をしたが、取りたてて有用な情報を手にする事はできなかった。あるいは、アタッカーとして動く少年兵には作戦の全貌そのものを知らされていないのかもしれない。

正確な武力の差も分からぬ状態の敵を相手取って行動するというのに、クワメナの目からは悲愴感のようなものは感じられなかった。

「なに、死地に赴くのは慣れているさ。恐らく、紅矢倉博士も市長も諦めてはいないだろう。それにな……」

肩を竦めた後、何かを懐かしむように遠くを見て、苦笑しながら言葉を紡ぐ。

「あの『ヴォイド』に比べれば、武装集団の方が遙かにマシというものだ」


♪

人工島西部　港湾区画

人工島の西側では最も広い、港湾と倉庫街で構成された区画。

島の中心部から分離された現在も安定した浮上を続けており、その上で仮に４ｔトラックがレースをしたところで転覆の怖れはないだろう。

それを知ってか知らずか、ドードー率いる重火器を装備した部隊がその外周部を縦横無尽に走り回っていた。

だが、勢いに反してその動きは規則的であり、互いに無線機と目視で連絡を取り合いながら無駄のない動きで港湾部周辺に目を光らせている。

人質である島民や観光客の大半は島の中央部に集められている為、港湾部にいるのはほぼ全員が襲撃者サイドの人間だ。

一部の不幸な港湾作業員だけが倉庫の中などに縛られて放置されているのみで、ドードー達の走行を邪魔する者はいない。

ただ、彼らの上空を飛ぶ無数のドローンだけが彼らの気を散らしている。

「おいベルトラン！　セイレーンの連中のドローン、ここには要らねえだろ！」

ドードーが苛立ち交じりに無線に怒鳴るが、ベルトランから返ってきたのは苦笑交じりの声だった。

『ハッ、邪魔なら撃ち落としちまえよ。弁償すりゃ許してくれるだろうさ。俺は1ユーロも出さねえが』

巨大鮫の捜索と分離した島同士の情報を把握する為、ベルトラン達は『セイレーン』と呼ばれる斥候部隊のドローンを島中に展開させたのである。

多くは偵察用のドローンだが、中には火器を装備した最新鋭の軍用大型ドローンまで含まれている。苛立ちに任せて撃ち落とせば、それだけでサメの肉片のボーナスなど消し飛んでしまう事になるだろう。

「ちっ……間違っても背中から打たねえように言っとけ！」

『了解了解。前線に出ないからって蔑むもんじゃねえぜぇ？　あいつらだって立派な傭兵だ。下手したらお前らより活躍してんぞ？』

「だからムカつくんだよ！」

小馬鹿にするようなベルトランの言葉を聞き、苛立ち交じりに無線を切るドードー。

――駄目だ。冷静になれ。

彼はそこで一度車を止め、深呼吸しながら海を見た。

すると、今度は部下からの通信が入る。

『発見しました！』

「！　どこだ？」

『さっきドードーさんが沈めた船のあたりです！』

「……すぐに行く。間違っても水際には寄るなよ。念の為だ、密集はするな」

サメが感電させてくるのが本当ならば、何かの拍子で纏めて通電させられる事は避けたい。

「水の通電が一番ヤバイ……か」

ドードーは一瞬だけ頭上に視線を上げ――ドローンの奥に広がる雲が先刻より色濃くなっているのを確認し、嫌な予感と共に舌打ちをした。

「こいつぁ、雨が降る前にケリをつける必要がありそうだ」

♪

西側沿岸

「おい……アレだよな？」

ドードーに無線で連絡した部下が、改めて洋上の『それ』を見る。

それは、水面の上に突き出た巨大な背びれだった。

こちらを窺うかのように、港湾部から50ｍ程離れた場所をゆっくり漂っている。

「試しに撃つか？」

「いや、ドードーさんが来るのを待て」

どんな経緯であれ、仲間を数人殺しているサメだ。

怒りを覚えている者もいるが、今はまだ警戒心がそれを上回っている。

その理由の一つは、想像していたよりも、その背びれが巨大であった事だ。

体長は７ｍから10ｍ前後と聞いていたが、あの背びれから察するに、その枠には収まらないのではなかろうか？　あるいはその不気味な佇まいから実際よりも巨大であると錯覚しているだけなのだろうか？

そんな迷いが、先制攻撃を躊躇わせる。

どの道、『可能な限り生け捕りに』という指示が下されているので、いきなりランチャーを打ち込むような短慮な者はいなかった。

だが――同時にその背びれを見た彼らは思う。

「あれよぅ……ランチャーとか、効くと思うか？」

「どうだろうな」

「そもそも、やられた連中の船よぉ、なんで燃えてたんだ？」

「爆発したって話だが……感電させてくんだろ？　あのサメ。それでこう……燃料タンクが爆発でもしたんじゃねえか？」

「弾薬とか手榴弾とか積んでたんだろ？　誘爆だよ、誘爆」

いくつかの推測を重ねるが、結論は出ない。

当然ながら、『ロケットランチャーから放たれた飛翔体を尾びれで掬め捕る事で反転させた』という正解が誰かの口から出る事も無かった。

やがてドードーのクアッドバイクが到着し、部下達から少し離れた場所に停車する。

ミニガンの銃口は既に洋上のサメへと向けられており、ドードーは警戒しながらその背びれに目を向けた。

「……あれか。思ってたよりデケえな」

ドードーも部下達と同じ印象を抱いたようで、危機感を一段階上げて観察を続ける。

そして、改めて無線を起動させ、ベルトランへと連絡を取った。

「おい、見つけたぜ。……イルヴァの姐御は、本当にあんなデカブツを追い払ったのか？」

『追い払ったんじゃねえ、殺した筈だったんだよ。……まあ、別のサメって可能性も無くはないが……』

煮え切らない事を言うベルトランだったが、しばらく洋上に目を向け続けていたドードーが否定する。

「いや、多分アレだ、間違いねえ」

『なんでそう言い切れる？』

「頭に変な……鎧(よろい)みてぇな金具をつけてやがる。実験器具かなんかだろ、あれ」

無線を起動させるのとほぼ同時に、サメが水面からわずかに頭を覗かせたのだが、そこには確かに人工物と思しき拉(ひしゃ)げた金属パーツが取り付けられていたのだ。

『ほう、そいつは重畳だ。稼ぎ時ってやつだ』

「てめえは気楽だな、ベルトラン」

『バカ言え、気苦労で死にそうだぜ。ターゲットの紅矢倉って女が思ってた以上にイカれてやがってよ。そのサメの事を自分の弟だとか抜かしてんだぜ、笑えるだろ』

「あれが弟なら、親父はモビィ・ディックか何かだろうよ」

ハーマン・メルヴィルの小説に出てくる白い化け鯨の名を上げながら、ドードは部下に顎で合図をする。

無線での会話中に、サメが動きを見せたのだ。

まるでドードーに狙いを付けたかのように、真っ直ぐにこちらに向かって泳ぎ始める。

――反応したのか？　無線に？　まさかな。

いくつかの疑念を抱きつつも、まずは威嚇にどの程度反応するかを確かめる事にした。

顎で合図された部下の一人が、手榴弾のピンを抜いてサメから少し離れた場所へと力強く投擲する。

着水から数秒後、爆音と共に水飛沫が上がり――サメはそこで露骨に反転し、沖合に向かいながらその身を水中に沈めていった。

「逃げたか？」

賞金が掛かっている為、逃がすのは不味い。

だが、ドードーはその一方で、二度とこの場に現れないのならば、それはそれで良いとも思っていた。

ほんの数十秒の相対、しかも数十メートルの距離を置いての邂逅ではあるが、それでも長年殺し合いの鉄火場を渡り歩いたドードーの経験が、全身に警報を鳴らしていたのだ。

——あのサメは、危険だ。

何が危険なのか、即座に言語化する事はできない。

だが、それでもどうしようもない寒気が全身を包み込み、気色の悪い薄皮のようにドードーの身体にまとわりついた。

——なんだ？　この違和感は……。

——ありゃ、サメっていうより……殺し屋とやり合った時に感じ……た……？

彼の思考は、途中で強制的に停止させられた。

水中から再び顔を出したサメが勢い良く跳び上がり、頭を横に激しく振り抜いたのである。

それだけなら、思考を止めるには至らなかっただろう。

ドードーが最も困惑したのは、そのサメの口のあたりから、何か小さいボールのようなものが勢い良くこちらに飛んできたからだ。

傭兵として培った動体視力が、その正体をはっきりと捉える。

——ありゃ……手榴弾？　——ピンは。　——外れてやがる！

——馬鹿な。　——投げ返した？　——いや、爆発しただろう。

——船に積んでたやつか？

——他の手榴弾……。

——いや、どうやって……。

——海底から拾って。

——ピンを、どうやって抜いた!?


一瞬が数十秒に引き延ばされたかのような錯覚の中で、様々な思考が脳内に浮かび上がる。

だが、その思考を整理する暇もなく、ドードーは必要最低限の言葉を選んで叫ぶ。

「散開しろ！」

部下達は何が何やら解らなかったが、ドードーの一声の力は凄まじく、理屈よりも先に染み込んだ経験が各自の身体を動かした。

手榴弾は、最初に海に向かって投げた部下に対してそのまま投げ返されたのだ。

ドードーが声をかけていなければ、自分の横に転がって来たものが何かを知る事もないまま人生を終えていたかもしれない。

だが、上司の叫びに反応したその部下は、本能的にエンジンをフルスロットルまで引き上げ、即座に手榴弾から距離を空けた。

次の瞬間——

爆音が響き渡り、周囲に衝撃が走り抜ける。

最初に手榴弾を投げた部下は、間一髪で爆風による即死を免れた。

だが、あくまで即死を免れただけだった。

爆風で煽られた結果車体が傾き、制御できなくなったまま横倒しとなって運転手共々バイクが港の上を滑って行く。

10m以上滑った車体と運転手は、揃って港の接岸部へと到達した。

バイクはそのまま海に落ちたが、傭兵の男はかろうじて島の縁(ふち)にしがみつく。

即座に助けに入らなければ、そのまま海に落下しかねない状況だ。

だが、迂闊に助けに迎えぬ状況だという事をその場にいる全員が理解している。

「お、おい！　助け……ああ、嘘(うそ)だろ畜生！」

縁に片手でぶら下がっていた男がそう叫んだかと思うと、続いて派手な銃声が聞こえて来た。

だが、それは一秒足らずで終わり——縁を摑んでいた男の指先が皆の視界から消え去った。

全員がまだ情報を把握しきれずにいる中、ドードーがいち早く冷静さを取り戻し、無線機を起動させる。

「ベルトラン。悪いニュースが二つある」

『なんだ？　殺しちまったか？　それとも逃がしたか？』

「一つは、ドネルが死んだ。……多分な」

海に落ちた部下の名を告げた後、ドードーは言葉を続ける。

自分でもにわかに信じられないが、結果としては確信を持たざるを得ない事実を報告した。

「二つ目だが……あのサメは、道具を使う」

『は？』

「あのサメは！　人間みてえに武器を使いやがった！　手榴弾のピンをてめぇで抜いてこっちに投げてきやがったんだよ！　畜生！」

♪

市長室

「……また爆発だね。海の方で……何と戦ってるんだろう」

拘束されたままの狐景が、そんな言葉を呟く。

傍にいる富士桜市長にしか聞こえぬ声。

だが、富士桜市長は、先刻から続く奇妙な状況と、襲撃者達すら混乱している様子から、一つの事実に思い当たる。

（ああ、そうか。解き放たれたんだな。『虚無（ヴォイド）』の落とし子が）

「……？」

狐景は、ゆっくりと市長の顔を見る。

市長の声はまるで蚊の鳴くような囁きであり、部屋の端でこちらを見張っている傭兵の耳には届いていない。

（こちらを向くな、バレるだろう？　同意なら身体を縦に、否定なら横に揺らしてくれ）

聴覚に優れた狐景にだけに聞こえるような囁き声。

器用な真似をするものだと思いながら、狐景はゆっくりと身体を縦に揺らした。

傍目から見ると貧乏ゆすりにしか見えぬ動きだが、市長はそれを確認すると再び周囲には聞こえぬような囁きを口にする。

(このままでは、君達は死ぬぞ。下手をすれば、私達も……いや、この島にいる全員がだ)

市長は外での騒動が最悪の結果にならぬ事を祈る一方で、ただ祈るだけではなく、行動を起こす最大のチャンスだと判断した。

(君は、弟を救いたいのだろう?)

「!」

(これは交渉だ)

(君は弟を、私は島を救う為に……一時的に、手を組もうじゃないか)

第14歯

野槌狐景と弟の灯狸は幼い頃に両親を失い、親戚をたらい回しされた挙げ句に捨てられた。

世間では失踪扱いとなっていたが、姉弟が捨てられたのは『龍宮』のモデルケースとなった人工島の一つだ。

日本の九龍城(クーロン)とも呼ばれる魔境として知れ渡っているその人工島は、様々な事情で通常の社会にいられなくなった者や、純粋に警察や暴力団に追われる犯罪者や海外からの不法入国者が多数入り込んでおり、司法の手が届かぬ無法地帯として知れ渡っている。

そこで様々な『洗礼』を受けた結果、狐景は視力を失い、灯狸は喉に大きな損傷を受けて喋る事が困難になった。

その後かろうじて生き延びた狐景と灯狸は、子供だけの愚連隊のようなものに所属していた事もあるが、そこの宗教じみたノリとは合わずに燻(くすぶ)り続ける。

そんな最中、島の人間に雇われた傭兵――イルヴァによって拾われ、そのまま傭兵部隊に加わる事となった。

狐景は聴力が、灯狸は身体能力が優れていた為に、特殊な役割を多く担いながら世界中を巡っていく。

もっとも、全て密入国というかたちだったのだが。

それから5年経った今、久方ぶりに故郷である日本の地を踏んだ狐景達だが、懐かしさなどというものは感じない。

良き思い出などは最初から存在せず、辛い記憶も消し去った。

非合法な活動を主立って行う現在の境遇を、取りたてて良くも悪くも感じておらず、ただ、ただ、姉弟の絆だけを頼りに生き続ける。

お互いの存在こそが帰るべき家であり、生き続ける為の理由であり、未来への道標（みちしるべ）であり――

同時に、心が壊れかけた時に逃げ込む為の暗い穴でもあった。


そして、第三者の手によって狐景が弟を奪われた今。

彼女のぐらついた心の隙間を見逃すほど、『龍宮』の女帝たる富士桜龍華は甘くなかった。

(君の弟という事は、そう歳もいっていないだろう？　未成年なら色々と考慮されるものだよ、周囲に脅されて無理矢理手伝わされた……という事にするなら尚更ね)

聴覚が極度に発達した狐景でなければ聞き取れぬ程度の小声。

顔を俯かせ、口の細かい動きも他の見張りからは隠している。

部屋の四隅から彼女を見張っている傭兵隊は、『やっと疲れを見せたか』という顔をしているが、監視の目を緩める様子は無かった。

だからこそ、市長は慎重に、そして大胆に狐景へと語り続ける。

（まあ、君の態度を見れば解る。あのイルヴァという上司に恩義も感じているのだろう？　裏切れなどと言っても君が承諾しない事もな）

そんな声が耳に届くが、相手の意図が読めずに狐景は困惑していた。

（だからこそ私は共闘を持ちかけている。君は仲間を裏切るわけじゃない、ただ、少しばかり私と君の上司との交渉の後押しをして欲しいだけさ）

「……」

狐景は黙り込んだまま、肯定も否定もせずに市長の話へと耳を傾ける。

（今すぐに、というわけじゃない。私の懸念が当たっているなら、君達にとっても私達にとっても……いや、人類そのものにとって厄介な状況になっている可能性が出て来る。そうならないのが一番だが、君は既にその耳で島と仲間に起こっている異常を察知しているだろう？）

狐景は、思わず肯定の意味合いで身体を縦に揺らした。

島が異様な空気に包まれているのは、彼女の耳が感じ取っている。

最初にトラブルとして認識していた巨大鮫とやらは、イルヴァが始末したと聞いているが――現在の島の異常はそのサメに連なるものなのか、あるいは全く別のトラブルなのか、拘束中の狐景には窺い知れない。

（だから、これはあくまで『共闘』の持ちかけだ。今すぐに何か動いてくれとは言わない。だが、次に何か大きな動きがあった時に……私の今の提案を忘れないでいてくれればそれでいい）

「……」

狐景は身体の動きを止め、思案に耽り始めた。

そんな彼女を見て、富士桜市長は密やかに、それでいて自信に満ちた小声で言葉を続ける。

（君の弟が無事に脱獄するにせよ捕まったままにせよ……何かと便宜が図れる立場だという事を忘れないでおいてくれ）

（私はこれでも、それなりの権力者なんでね）


♪

人工島『龍宮』西部

「撃ち続けろ！　向こうに休む暇をくれてやるな！」

ドードーの声に合わせ、傭兵達は一斉に巨大鮫に向かって銃を掃射した。

だが、サメはその身を大きく捻ると、浴びせられる銃弾の掃射を次々と躱していく。

そして、そのお返しとばかりに、ピンを抜いた手榴弾を投げて反撃した。

海に長く潜った後に限っての行動なので、ドードーは己の推測である『沈没した仲間の船に積まれていた手榴弾を海中から拾い上げている』という説に強い確信を持ちかけているが、どうしても最後の一欠片となる『どうやって？』という疑問が続く思考の邪魔をする。

——拾う？　拾うってなんだ？　タコやイカならともかくよ！

——口で手榴弾を咥えるんなら解る、だが、どうやってピンを抜いてやがる!?

動きなどから、やはり手榴弾は巨大鮫の頭のあたりから飛んで来ていると確認できた。

だが、激しい水飛沫やこちらの攻撃で起こる爆炎や煙などに邪魔されて、肝心の『手榴弾を投げる瞬間』を目にする事ができていない。

混乱していたのはドードーだけではなく、傭兵達も魚類からの想定外の反撃からいまだに立ち直れずにいた。

そして、また一つ。

巨大鮫の投げてきた手榴弾が傭兵達の傍で爆発した。

人類が生み出した武器の威力は凄まじく、乾いた破裂音が傭兵達を飲み込んだかと思うと、その内の何人かが衝撃で吹き飛ばされる。

ドードー達は既に生け捕りを諦め、派手に弾幕を広げて相手の肉体を破壊する方向に作戦を切り替えていた。

それにも拘わらず、状況は何も変わらないどころか、寧ろ自分達が命の危機を覚える状況に追い込まれている。

彼らが相対する『それ』、即ち巨大鮫は、ただの一匹で戦況を左右する映画のモンスターさながらであった。

普通ならば、怪物じみた大きさのサメであろうと弱点はある。

生物である以上、銃弾や爆発物などの飛び道具による攻撃への対処は難しい筈だ。

いかに強靱（きょうじん）な肉体を持っていたとしても、銃弾を防ぐことはできないし、爆発には耐えられない、それがドードー達にとっての常識である。

事実、サメの攻撃手段が体当たりと噛みつきのみであるのならば、その巨体から繰り出される一撃が如何に破壊的であろうと対処法はいくらでも考えられた。

だからこそ、本来ならば重火器部隊はこの場において十分に有効的な戦力となる筈だったし、それを取り仕切るドードーもそれが正解だと思っていたのである。

だが、相手も武器を使ってくるとなると話は別だ。

猛獣のフィジカルを持たぬ人間を強者たらしめる武器を、その猛獣自身が扱えるようになったらどれほど恐ろしい事になるのか。

――イルヴァの姐御を相手にするようなもんじゃねえか、畜生！

だが、その無骨な外見とは裏腹に、ドードーは煮えかけた頭を冷やして現状について改めて考える。

——本当に船に積んでた手榴弾を使ってるとしても、数に限りはある筈だ。

そう判断したドードーは、無線を通して周囲の部下達に叫ぶ。

「落ち着け！　やってる事自体は単調だ！　サメじゃねえ、手榴弾をしこたま持った素人が相手と考えろ！」

『海を泳ぎながら手榴弾投げてくる素人なんているかよ！』

「ものの喩えだマヌケ！　なんの為の機動力だ！　いつも通りにやれ！」

『りょ、了解！』

叱咤により己を取り戻したのか、ドードーのクアッドバイクが普段の機動力を見せつつ水飛沫や爆風を躱すのに合わせ、混乱させられていた部隊全体の動きが修正されていった。

「セイレーン！　お前らも援護しろ！　俺らの花火眺めてポップコーンでも食ってんのか！」

上空を浮かぶ数台のドローンを見ながら、遠く離れた場所からそれらを操る別部隊に対して無線で告げるドードー。

すると、無線機の奥から気だるげな女性の声が響く。

『やる事はやってるよ、上から撮った映像を分析中だけどさぁ』

「なんだ？　いいニュースも悪いニュースも全部伝えろ、情報は現場の俺達が判断する！」

派手にクアッドバイクを操りながら会話を続けるドードーに、同じようにドローンを操りながら答える。

『あんたらが相手してるの、本当にサメなのか？　エイリアンじゃなくて？』

「あぁ？」

『いいから、一回アンタだけでも距離を取りなよ。私が言っても妄想扱いされるだけだからさ、双眼鏡でじっくりと観察しな』

「……」

ドードーは持って回った言い方をするセイレーンのメンバーに苛立ちを覚えるが、無意味な事は言うまいと判断し、今度は自分の部下達に指示を出す。

「少し時間を稼げ！　奴の動きを見る！」

そして、自分はわずかに距離を離し、クアッドバイクを器用に操ってコンテナの上に車体そのものを駆け上がらせた。

一段高くなった視界から、ドードーは電子式の双眼鏡を通して敵の動きを探る。

すると、今までと同じようなパターンで海中から巨大なサメの顎が飛び出した。

これまでよりも開けた視界で、見る事に専念したドードー。

双眼鏡によって拡大された視界の中で、彼はついに『それ』を見た。

「……は?」

♪

地下施設

「さて……もうちょいゆっくりさせてやりたかったが、イルヴァの姐御に移動しろと言われてるんでね。俺達と一緒に来てもらうぞ。運がよけりゃ、研究所の連中にお別れの挨拶ぐらいはできるぜ?」

雫の爪先を己の靴でコツリと蹴り、立つ事を促すベルトラン。

「……」

わずかにベルトランを睨んだ雫だが、特に何も言わぬまま立ち上がった。

両腕は拘束されたままで、バランスを崩してふらついたところをベルトランの部下らしき傭兵に押されて無理矢理直立させられる。

その瞬間の彼女は俯いていて、ラウラにはその表情を窺い知ることはできなかった。

「移動しながらでいい。一つ聞いてもいいか?」

「……」

ベルトランの言葉に、雫が視線を上げる。

「答えたくなきゃそれでもいい。まあ、ヴォジャノーイの旦那が代わりに答えてくれてもいいんだけどよ」

「ほう、それはつまり、あのサメの生態に関する事ですか?」

「ああ、俺の仲間がわけの分からねえ報告をしてきやがってな……」

先刻のドードーからの無線通信を思い出し、こめかみを指で少し押しながら雫とヴォジャノーイへと問い掛けた。

「馬鹿げた事を訊くと笑うなよ? 俺が一番鼻で笑い飛ばしてぇぐらいだが……あれだ」

自分自身も上手く呑み込めないまま、ベルトランは問いの続きを口にする。

「サメってのはよ……あれだ、指とかねえよな?」

「……質問の意図が分からないが、人間の手指にあたる部位はないよ」

淡々とした調子だが、雫はベルトランに対して素直に答えた。

それは、ヴォジャノーイから発言の機会を奪いたがっているかのようにも見えたが、ベルトランは気にせず雫に問い続ける。

「遺伝子改良なりなんなりで、人間の腕が生えるようにはしてねえよな?」

「少なくとも私がそんなものを組み込んだ記憶は無いが……」

チラリとヴォジャノーイを見ながら、雫は目を細める。

「全てのＤＮＡ解析が終わったわけじゃないからね、科学者ではなく家族として言うなら、カナデはカナデだ、としか言い様が無い。あの子がどんな進化と学習をするかは、もはや私の手を離れている」

「そういう話が聞きたいわけじゃ……いや、そういう話か？　まあいい、ドードーの勘違い……って事ならいいんだが……」

「何があったんです？」

　肩を竦めながら問うヴォジャノーイに、ベルトランは溜息を吐き出してから言った。

「手榴弾のピンを抜いて、こっちに投げてきたんだとよ。サメがだぞ？」

「ほう……？」

「こっちが投げた手榴弾を尻尾（しっぽ）で打ち返してきたんなら解る。まあ、そのぐらいならイルカやオットセイだってやるかもしれねえしな。だが、ドードー……ああ、俺の同僚な？　そいつが言うには、自分達が投げたのとは別の手榴弾をどっかから拾ってきて、サメが自分でピンを抜いて投げたとか抜かしてやがる、流石にそれはねえだろう？」

　呆れ交じりの笑みを浮かべているもののベルトランからは、その情報を笑い飛ばすという空気は感じられない。

　そもそもが『電気を操るサメ』という時点で常識の埒（らち）外にある個体なのだ、ヒレが人間の腕のように変化を遂げる可能性は皆無であると言い切れる材料がベルトランには無かったのだ。

「……『ヴォイド』には無かった報告ですね。確かにヴォイドは闘争や生存においては人間を翻弄するほどの知性を見せる事もありましたが……」

ヴォジャノーイの言葉を引き継ぐように、雫が過去を思い出しながら口を開いた。

「ああ、捕獲用の投網を逆に利用して、奴は高速艇のスクリューをいくつもオシャカにした。口で網の端を咥えて、意図的にスクリューに巻き込ませるかたちでね」

傭兵達に脅されながら後ろを歩いていたラウラが、それを聞いて目を丸くする。

「そ、それってつまり、その『ヴォイド』の子の……カナデ、くん、ですか？　その子も、同じように道具を使ったりするって事ですか？」

「ああ、知性については相当に高いと推測しているよ」

ラウラがサメを『カナデ』と呼んだ事が嬉しいのか、後輩に優しい微笑みを返しながら雫が答えた。

「とはいえ……流石に手榴弾のピンを抜くというのは、口に咥えるだけでは至難の業だろう。それこそ象の鼻やタコの触手のようなものを持つ生物が、ピンがどのような役割を果たしているのか学習しているのならば可能かもしれないが……」

最初に想像したのは、大きな口に手榴弾を器用に咥えたサメが、海底のサンゴや船の一部などにピンを引っかけて抜く絵面だった。

それだけに特化した訓練を積み重ねたイルカなどならば可能かもしれないが、現実味は薄い。

だが――

横でそれを聞いていたヴォジャノーイの口から、同様に現実味の薄い推測が飛び出した。

「……身体の一部が、人間の手指に近い形に変異した可能性はありますね」

「はぁ？」

「……」

「ま、まさか……」

ベルトランは疑念の声を上げ、雫は何か思い当たる事があるのか黙り込み、ラウラが否定するような呟きを漏らす。

だが、そんな三者の反応は気にせず、ヴォジャノーイは口角をわずかに上げ、エレベーターへと向かいながらどこか嬉しそうに推測の言葉を続けた。

「研究資料の中に、興味深い記載がありましてね……粉々になった『ヴォイド』の肉片の踏査において、通常のオオメジロザメとの大きな差異の一つとして――」

「かなり顕著に、『舌』が発達しているという事が挙げられていましたよ」

♪

人工島『龍宮』西部　港湾区画

「……は？」

ドードーは、その光景を見て思わず呆けた声を上げた。


舌。


それは、一見するとそうとしか思えぬ物だった。

しかし、冷静に観察すればするほど、人間のそれと同種の器官とは違うと分かる。

サメの巨大な口内。強靱な上下の歯列の合間から伸びる、乳白色の骨片らしき塊の合間に赤い肉片を覗かせる『何か』。

まるで、剝き出しの筋肉が白い鎧を纏っているかのような物体が蠢いており、その先端が二股に分かれている。

金属製の鎧か、はたまたロボットの指の関節か。

乳白色の隙間の筋肉が収縮する事で動くその舌のようなものの先端には、丸い手榴弾が握られており——

二股に分かれた舌らしき物体のもう一方、その一番鋭い先端、白いトゲのようにも見える乳白色の塊をピンに差し込み、勢いよく引き抜きながら投擲した。

そんなサメによる『投擲』を確認して、ドードーは厳つい顔を引きつらせながら呟く。

「あいつ……口の中に悪魔でも飼ってやがるのか？」

♪

「舌だぁ？　っつーか、そもそも、魚に舌べロなんてあんのかよ？」

眉を顰め、雫の方に目を向けるベルトラン。

無視しても良かったのだろうが、学者の職業柄か、あるいは家族であるカナデに関する事だからか、雫は半分独り言のように言った。

「通常の魚類にもサメにも舌はある。あるが、哺乳類や爬虫類のそれとは違う。サメの大半は舌骨と呼ばれる硬骨や軟骨の変形した組織で、私達のように動かせるというわけではない。だが……カナデの舌は、『ヴォイド』よりも更に発達していた」

「人間のように、筋肉組織だという事ですか？」

「いや、そこまで極端じゃないよ。ないんだが……一部のサメは舌骨の圧力でエラへと水を効率的に送り込むわけだが、それを更に発達させた形になっていたよ。だが……これは純粋に勘だが、舌も含めて身体の各所が進化の途中、という印象を受けた」

　徐々に自分の世界に入り込み、これまでに積み上げてきた研究の一部を整理するかのように言葉を続ける。

「そうだ、皮膚だけじゃあない、例えばアンコウの仲間は、背骨が変形した誘引突起とその先にある擬餌状体（エスカ）をまるで自分と分離した別の生き物であるかのように器用に動かす。中には上顎や唇の一部を同様に進化させている種もいる。『ヴォイド』の遺伝子を受け継いでいるならば、生存の為に身体のどこが変化してもおかしくはない」

「あの、先輩？　先輩？」

「何かきっかけさえあれば完成するような……」

　少しだけ考えた後、雫は嬉しそうに微笑みながらラウラに言った。

「ああ……そうだな、繭（まゆ）……か」

「繭？」

「あの子は身体の各所が昆虫のサナギ……そう、繭のようなものなんだ」

　一人で納得したように、雫は静かに言葉を続ける。

「……私達はまだ、誰もあの子の本当の姿を見ていないのかもしれない」

その声に答えたのは、それまで黙って推測を聞いていたヴォジャノーイだった。

「なるほど……パンドラの箱を開いたのは、我々『カリュブディス』か、それともあなたか……そう考えていたのはお互いに早計かもしれない、と？」

「……？」

突然妙な事を言い出すヴォジャノーイに、ラウラとベルトランが首を傾げ、雫は自嘲気味に言葉を返す。

「ああ……箱はまだ、開いてすらいないのかもしれない」

「どういう事だ？　なんの話をしてる？」

単純明快な答えを求めるベルトランに、ヴォジャノーイは敢えて持って回った言い方をし、最後に一言だけ明確な言葉を付け加えた。

「あれは誰かがパンドラの箱を開いた結果生まれ出でたものではなく……生きたパンドラの箱そのものだ、という話ですよ」

「つまり、何が起こってもおかしくはない……という事です」

♪

人工島『龍宮』西部　港湾地区

「仕組みは解った、サメに舌があるなんて知らなかったが、まあ、あんだけでかい口してやがるんだ、そういう事もあるだろう」

不気味な光景に顔を顰めていたドードーだが、即座に割り切ってクアッドバイクのエンジンをふかす。

「種明かしが済めばどうってこたぁねえ。やる事は同じだ。次に顔を出したら、あの骨ばったドデカいベロを弾幕でちょん切って……」

そう言ったところで、再び波間にサメの背びれが見えた。

「手榴弾が飛ぶ方向にだけ注意しろ！　そうすりゃ、こっちの有利は変わら……」

無線で部隊の皆にそう叫んでいる最中に、巨大な人食い鮫が水面から顔を出し――ドードー達の部隊は、一斉にその身を強張（こわば）らせる。

「嘘だろ、畜生……」

口の中の乳白色の舌に搦め捕られていたのは、手榴弾ではなかった。

「……あれは……ドネル」

傭兵達が、誰ともなくその固有名詞を口にする。

先刻海の中に引き摺り込まれ、そのまま上がってくる事の無かった仲間の名だ。

巨大な口の中に半分咥えられるかたちで、下半身と命の火を失った傭兵の身体の両腕に舌が絡み付いている。

そして、その手には彼の装備である大型のアサルトライフルが握られたままであり——

巨大鮫の持つ異様な『舌』に搦め捕られた腕の先が、銃身ごと港湾部を走るドードーの部隊へと向けられた。

「悪魔か、手前（てめぇ）……」

ドードーがそう呟くのと同時に、『舌』の先端が銃の引き金へと差し込まれる。

次の瞬間、乾いているのに重みのある破裂音が周囲に木魂（こだま）し、高威力の弾丸が港湾部に広くばらまかれた。

♪

機密区画　エレベーター内

「いいぞ、エレベーターだけ電力を戻せ」

バンダナをした傭兵——他の仲間達にベルトランと呼ばれていた男が無線で地上の部下に指示を出すと、少し経ってからエレベーターの扉が開いた。

雫達と入れ替わりに地上に戻った研究者達は、果たして無事なのだろうか。

雫はそう考えたが、問い質してもまともな答えは返ってこないだろうと思っていたので一々尋ねる事はしなかった。

傭兵達に銃を突き付けられながらエレベーター内に押し込まれ。地上の研究所へと昇る準備を進めていく。

すると、今度は別の回線から無線が繋がったのか、ベルトランがエレベーターの奥でやり取りを開始する。

「俺だ、どうした？　ドードーはもうサメを……何？」

相変わらずの笑みで無線を受けたベルトランの表情から、一瞬で笑みが消えた。

「は？　撃たれた？　ドードーが？　同士討ちか？　それとも島の警備隊でも……」

眉を顰めながら無線相手と言葉を交わし合うベルトランの様子を見て、雫は淡々と考える。

――こいつも含めて、仲間同士で名前を堂々と言っているが、偽名なのか……それとも、名前を聞かれても構わないと思っているのか。

――私はともかく、ラウラが口封じとして殺されるのは避けたい。

カナデとの間にあるような家族の絆があるわけではないが、それでも自分を慕う後輩だ。

なんとかして命を助ける必要があると考えていた雫だが、現状では脱出も反撃も現実的とは思えない。

地上に移動した後に、何かしらチャンスはあるだろうか。

そんな事を考えつつ、相手の情報を探る為に雫はヴォジャノーイへと向き直った。

「しかし……私を攫ったところで、協力するとでも？」

「おやおや、『アレ』が世界に放たれた時点で、こちらはどうとでも言えるんですよ？」

肩を竦めながら、ヴォジャノーイが言う。

「例えば、観光客を海に投げ出した後、『アレ』が捕食したとしましょう。そこで我々が『ヴォイドの子を秘密裏に軍用研究していたのが許せなかった』という、青臭い犯行声明でも出せば……博士は世界のどこにも居場所はなくなります。我々『カリュブディス』以外にはね」

「居場所など、今さら必要としていると思うかい？」

「さて、どうでしょうね。あなたの頭のネジが外れているという事は十分に理解しましたし、それは我々にとっても好ましくはありますが……。どうすれば博士が従順な態度で我々に協力してくれるかは、じっくりと探らせていただくとしましょう」

チラリ、とラウラの方を見るヴォジャノーイ。

それを見て、ラウラは『ヒッ』と小さく身を震わせ、雫は予想通りだとばかりに溜息を吐く。

——……そうだな。

——最悪、カリュブディスへの協力を約束するのと引き替えに、ラウラの助命を乞う、か。

自分は既に、カナデを世に放った時点で『世界の敵』として認識されるであろうという自覚はある。

——だとすれば、遺された研究者仲間や市長には悪いが、ラウラの安全が確保されるまではカリュブディスに協力するフリをするのも一つの手、か……。

そんな打算を働かせていた雫を乗せたまま、エレベーターの扉が閉まり始めた。

だが、そこで予想外の事が起こる。

突然エレベーター内の電気が消え、半分ほど扉が閉じかけたところで停止したのだ。

「……?」

「！　おいおい、どうしたどうしたぁ」

仲間との無線を別の回線に切り替え、最初に話していた電源を管理している部隊へと問い掛けるベルトラン。

「おい！　電気が止まっちまったぞ？　どうなってる！」

少しの間を置き、ベルトランが露骨に眉を顰めながら言葉を漏らした。

「あぁ……？」

「電源ケーブルが、ぶった切られただぁ……？」

♪

『龍宮』市庁舎内部

「例のサメの仕業でしょうか？　それとも、島内の警察か警備部隊の……？」

無線連絡を聞いていた部下の問いに、傭兵達のリーダーであるイルヴァが答える。

「どちらでも構わない。脱出を最優先にする、ベルトラン達には下った時と同じように、非常階段から戻るように伝えろ」

「はい。……あの、イルヴァさんは、どうなさるおつもりで？」

普段はわざわざ問い掛けない事を、敢えてその部下は口にした。

完全に想定外の事態。

既に数名の仲間が死に、部隊全体が危機に陥りかねない、緊迫した状況であるにも拘わらず

――イルヴァの顔が、愉悦に歪んでいたからだ。

それを証明するかのように、イルヴァは静かに、それでいて力強い言葉で部下に答えた。

「私は……狩り損ねた獲物を仕留めてくる」

第15歯
機密区画

「冗談じゃねぇぞお？　ったく……」

ベルトランは無線のスイッチを切り、独り言として愚痴を吐く。

海洋研究所区画を襲った突然の停電。

元々区画ごとに人工島が分離しても、各区画ごとの発電設備が稼動する手筈となっており、丸二日は最低限の電力が保証される筈だった。

それを知っていたからこそ、ベルトランはこの停電が明確なトラブルであると理解する。

「どいつの仕業だ？　島の警備か、警察か？　外から助けが来たわけじゃねえよな？」

「ネットワークから発電管理機能をジャックされたのでは？」

淡々と問うヴォジャノーイに対し、ベルトランが首を振る。

「いや、物理的にぶった切られたらしい。水中ドローンで確認したそうだが、ケーブルがズタズタになってたとよ」

「ケーブルは海中に露出していなかったと思いますが？」

「防水の隔壁ごとオシャカにされてたらしい。つまり、どこにケーブルがあるか把握してる奴が爆薬かなんかでやったって事だ。わざわざ海の中からやったって事は、俺らの視認を避けたんだろうよ」

「……」

半開きのエレベーターの中で、一人考えるヴォジャノーイ。

「……爆薬、ですか」

「まさかとは思うが、それもサメがやった、なんて言うんじゃねえだろうな？」

「体内での発電だけではなく、それに伴って電気の流れを感じ取る器官も持ち合わせているのなら……ケーブルの場所を外部から判断する事も可能でしょう」

「んで、ピンポイントで喰い千切ったってのか？　鉄の外壁ごと？」

鼻で笑うように言うベルトランだが――その目は完全には笑っていない。

恐らくは、彼自身もその可能性がある事を理解しているのだろう。

だが、敢えてそれを認めたくないのか、否定に繋がる言葉を口にした。

「あのな、俺はドードー達がさっき抜かしてた手榴弾がどうこうってのも、奴らがヤクでもキメ過ぎて頭がトンだのかと思ってんだぞ？　そりゃ、魚にしちゃ頭がいいってのは充分に理解してるけどよ、停電を起こす為にわざわざ狙って電源ケーブルをオシャカにしたとかありえるか？　仮にそうだとしても、なんの為に電気を消した？」

「当然ながら、私達の動きを封じる為でしょうね」

あっさりと言い切るヴォジャノーイに、ベルトランが肩を竦める。

「じゃあ、なにか？　停電が俺らにどういう影響を与えるか理解していて？　俺達の行動力を奪う作戦まで練ったってのか？　サメが？」

「軍事的な戦術レベルには遠く及ばないでしょうが……少なくとも、テロリストとたった一人で戦うアクション映画の主人公のような行動はしてくるかもしれませんよ。まあ、相手は勇敢な刑事や軍人ではなく、巨大なサメですが」

「サメがブルース・ウィリスにでも見えてんのか？　頭がいいっつっても、せいぜい恐竜映画のラプトルぐらいだろうよ」

「あの映画のラプトルはしっかりと罠を張る知能はありましたがね」

ヴォジャノーイは不敵な笑みを浮かべながら、黙って会話を聞いていた雫とラウラをエレベーターの外に出るように促した。

「レディーファーストです。お先にどうぞ」

「私達が出た瞬間に、このエレベーターが落下する事を祈ってるよ」

そんな憎まれ口を叩きながら、半開きの扉から機密区画へと戻る雫。

彼女に続き、おっかなびっくりといった様子でラウラもエレベーターの外に出た。

「ここが最下層でしょう？　流石にその程度の下調べはしていますよ」

「で？　どうする気だ？　仲間が電気ケーブルを修復するまで、ここでお茶でも啜る気か？」

皮肉を続ける雫を余所に、ヴォジャノーイはベルトランに問い掛ける。

「皆さんが下りてきた非常階段、破壊などはしていないでしょうね？」

「ああ、丁度、姐御からも無線でそっから上がって来いって言われたよ」

「それは何よりです」

「時間はかかるが、そこを上りゃ問題は……」

ベルトランは途中で口を噤み、思い出したように続けた。

「あー、一つあるな」

己の首をゴキリと鳴らしながら、やや疲れたように言うベルトラン。

「途中で、あそこを通らなきゃならねえ……」

「あのサメ野郎が仲間を喰いやがった、海洋直結区画をな」

♪

人工島　地上区画　警察署

「確かに、銃声が続いているのはここにも聞こえて来るが……」

警察の幹部が、部下からの報告を纏めて会議室の皆に告げる。

「襲撃者達の自作自演……陽動か何かだと思うか？」

「いや、そういうわけではなさそうだが……連中のドローンがひっきりなしに動いているが、どうも何かを探しているらしい」

「連中、いったい何を撃っているんだ？」

「！　本土からの救出部隊が来たのでは？」

「いや、そういう報告は無いが……」

「まさか、人質を撃っているわけではないだろうな……」

情報が錯綜（さくそう）する中、様々な推測だけが会議室の中に飛び交い続けた。

その頃、同じ署内では研究所へと向かう為の装備を調えていたクワメナ・ジャメも銃声を聞きながら考え込んでいた。

――戦闘行為……。

――やはり……解放したのか？

紅矢倉雫と、彼女が研究していた巨大鮫の事を想像するジャメ。

――いや、これほど大規模な事をしでかす連中だ。

――目的を遂げる為なら、人質を撃ち始めていてもおかしくはない。

島に流星観測に訪れていた人々や富士桜市長、そして研究所の同僚達の顔が頭に浮かんだ。

――最悪なのは、『ヴォイドの子』と襲撃者達が、双方共に暴れ回ってる場合だ。

――海に落ちても地上に残っても、サメに殺されるか銃弾で死ぬか……という状況は避けたい。

「避けたいと言っても……手遅れかもしれんがな」

ボソリと呟いたその声は、喧噪の続く警察署の中で誰にも届く事はない。

そして、続けて呟かれた決意に満ちた一言も。

「とはいえ……私にできる事は、やるべきだろうな」

「島に詳しい人間が必要だな。私よりも、ずっと詳しい人間が……」

♪

人工島『龍宮』某所

「おい！　どうなってる！　このままじゃ島がバラバラになるぞ！」

傭兵集団『バダヴァロート』の一員として島の研究所周囲を見張っていた者達である。

「いいんだよ。イルヴァの姐御から撤収準備の指示が来た。ベルトランの旦那がターゲットの博士を生きたまま確保したそうだ」

「ならいいがよ……迎えの潜水艇はいつ来るんだ？」

仲間であるドードーの部隊が甚大な被害を受けた事をまだ知らない彼らは、そんな暢気(のんき)な会話を繰り返していた。

だが、それでもプロの傭兵である。

気の抜けた会話をしているように見えて、周囲への警戒を怠っている様子はなかった。

だが――プロにも限界はある。

彼らは確かに周囲を警戒していた。

水中から奇襲を受けるかもしれないという可能性も頭には入れていた。

しかしながら、まさか水中から飛び出したのが巨大なサメであり——

その口内から、見知った仲間の上半身が生えていたのだから。

「は？」

「ドードー……？」

既に命の火が消えている仲間の名を呟いてから、その異常事態に身体が反応するまでのコンマ数秒。

巨大なサメ——カナデの舌の蠢きは、その刹那の時を見逃さなかった。

先刻までの痩身の男ではなく、屈強な大男の上半身が案山子(かかし)のように咥えられ、その腕に白いトゲが生えた触手のようなものが絡み付いている。

まるで磔(はりつけ)にされた聖人のように両手が拡げられていたが、それが舌の蠢きによって右腕が前へと運ばれた。

それに合わせ、ドードーの死体にベルトによって吊り下げられていたミニガンの銃口も向きを変え、『バダヴァロート』のメンバーへと向けられる。

「ちょっ、まっ……」

声を上げながらも、彼らは即座に銃を向け返した。

だが、間に合わない。

引き金を絞る速度はカナデの舌先が勝り——水辺に軽機関銃の轟音が響き渡った。

♪

機密区画

「おい、ドードーがやられたってのはマジなのか？」

確認するように、ベルトランが無線に向かって問いかける。

雫やラウラには聞かれぬように離れており、彼女達は部下に任せて先に非常階段の方へと向かわせている。

「信じられねえな……あの野郎、俺に金を返さねぇままサメに喰われちまったってのかよ！」

舌打ちをしながら言うベルトランに、なおも向こうから声が聞こえる。

そして、無線機から流れてきた報告を聞いた瞬間、ベルトランは今までになく困惑した。

「はぁ？『重火器ごと奪われました』……って、なんだそりゃ？　お前よ、俺は笑える事は大好きだが、笑えない冗談は好きじゃねえんだ。ドードーがやられたのはいい、そりゃ笑える。嘘なら大した度胸過ぎて笑えるし、マジであいつが死んでてもそりゃそれでウケる。だけどな、適当な話を鵜呑み(うの)にして現場を動かすと俺が姐御から睨まれんだよ、そいつは笑えねえ」

やや早口になりながらそう言うと、一度深く呼吸してから告げる。

「まあいい、『セイレーン』はそのまま姐御のサポートをしろ。必要ねえとは思うがな」

無線を切ったベルトランの後ろから、ヴォジャノーイが声をかける。

「余裕が無くなってきていますね。ドードーさんとやらのチームは、あなたがたの中でもかなりの戦力だった、という事ですか？」

「……依頼人のアンタが心配する事じゃねえよ」

「いえいえ、依頼人なんですから、当然心配はすると思いますが？」

「……その割には、楽しそうじゃねえかよ、ええ？」

眉を顰めながら言うベルトランに、ヴォジャノーイは首を振った。

「これは失礼、あなたがたの仲間の死を侮辱しているわけではありません」

「侮辱されても仕方ねえ惨状だがな。……まあ、姐御がいればサメはなんとかなる。流石に、ここまで来て生け捕りを狙うほど俺もバカじゃねえ。残念だったな」

「いえいえ、私としては肉片だけでも充分な価値はありますから」

さして気にした様子もなく言うヴォジャノーイ。

そんな彼に、ベルトランが尋ねた。

「なあ、マジでサメがその……犬やカラスどころじゃなく、チンパンジーやゴリラよりも頭がいいなんて事、ありえんのか？　正直、さっきまではあのイカれた博士の身内びいきだと思ってたんだがよ」

「……難しいところですね」

ヴォジャノーイは薄く笑いながら、言葉を続ける。

「元々ねえ、『ヴォイド』は脳の信号を電気刺激で操ってコントロールする予定だったんです」

「はぁ？」

「ネズミやある種の昆虫は、脳に電極を刺して行動を指示することもできるんですよ。それをサメにも適用させる予定だったんですが、その為には、コントロールしやすいように脳を発達させる必要があった……」

「おい待て、待て待て待て！　俺は今、『与太話』と『聞いたら消されるレベルのヤバイ話』のどっちを聞かされてんだ？」

慌ててヴォジャノーイの言葉を止めようとするベルトランに、ヴォジャノーイが笑いながら答えた。

「我々『カリュブディス』の研究なんて、最初から全てが与太話のようなものですよ。そうでなければ、とっくにどこかの国のお抱えですからね」

「……俺がどっかに漏らしたところで、頭がおかしいと思われるだけってわけか」

「そういう事です。我々は世間から見れば最初から頭がおかしいですし、それを誇りに思っています。まあ、これは紅矢倉博士もまだ知らない話ですが、軍事用研究だけではなく、他のサメの遺伝子研究を纏めてやっていた、というのはあります。脳の発達だけではなく、各種体内器官の増大、肝臓の栄養価の調整など色々な研究を続け、その集大成が『ヴォイド』ですよ」

「ミックスジュースじゃねえんだぞ。混ぜ合わせ過ぎだろ」

至極当然のツッコミを入れるベルトランに、ヴォジャノーイは苦笑する。

「いえいえ、ちゃんと理由はあるんですよ。それぞれ一つの要素だけでは発展しなかった研究同士が、互いに足りないものを補い合うかたちになると気付いたんです。結果として、健全な肉体に健全な精神……いえ、知性が宿ったという事なんでしょうね」

「どっちも健全じゃねえ気がするが、まあいい。問題はどんぐらい奴の頭がいいかって話だ」

肝心の問いに対し、ヴォジャノーイは暫し考え、今度は苦笑ではなく、不敵な笑みを浮かべながら言った。

「確実な事は言えませんが……私としては、人間レベルにまで知能が発達していて、紅矢倉博士を救う為に行動している……そうであってくれた方が楽なんですがね」

「はぁ？　何言ってんだ？」

眉を顰めるベルトランの横で、ヴォジャノーイは非常階段の方角に目を向ける。

そして、傭兵達の銃に取り付けられたフラッシュライトに照らされながら歩いて行く雫を観ながら言った。

「それはつまり……人質が効く、という事になりますからね」

♪

人工島『龍宮』市庁舎屋上

人口島内で最も高所に位置する、五十三階建て市庁舎の屋上。

ヘリポートとなっている空間の端から、島内を見下ろすイルヴァ。

先刻から島で銃声と爆音が続いており、自分の部下達が何かと戦っているのは明白だった。

だが、各所で戦闘が起こっているわけではない。

戦闘音がするのは、常に島の一区画ずつだ。

恐らくは、あの巨大鮫が自分の部下達と戦っているのだろう。

ドードーがやられたという連絡が来た後、イルヴァは暫し部下への哀悼の意を捧げる意味で目を瞑り——気付けば、この屋上に佇んでいた。

部下に『サメとは無理に争うな』という指示を出す事も考えたが、あのサメはすでにこちらを『敵』と認識している。水辺に近付く事自体が危険と言って良いだろう。

ならば、民間人はどうか？

市庁舎内部に居る職員と市長はサメと顔を合わせる事はないとして、島の中央区画にいる大量の人質、並びに警察署員や研究所の職員達を、あの巨大鮫は敵か獲物と認識するのだろうか。

そんな事を考えながら、彼女は騒音や島の各地から上がる煙などを確認する。

分割された島同士はわずかずつだが距離を離しつつあり、各地を繋ぐ橋も完全に連結が解除されてしまっていた。

かなりの速度でサメは侵攻を続けているようで、海中を通じてランダムに島を移動している感じがある。

「私を誘っている……というわけではない、か」

少し残念そうに言った後、サメの意図を読もうとするイルヴァ。

まだ疑念を持っているベルトランとは違い、イルヴァは既にカナデに対して人間並か、あるいはそれ以上の知性を持っていると確信していた。

理屈ではなく、一度殺し合った時の感覚を思い出す度に彼女の本能が告げるのである。

あれは、食欲のままに全てを貪る怪物ではなく、明確なる意志を持った戦士であると。

彼女の本能は、今も島の銃声がするあたりから『虹の気配』を感じ取っている。

自らの死を感じ取った時に現れる、彼女にだけ見える虹の煌(きら)めき。

音を色彩として感じ取るセンスの持ち主が時折世に現れるように、彼女の経験と本能が察知する危機が虹という色彩で視界の中に現れるのだ。

いや、視界だけではなく、音や空気の流れなども加われば、たとえ背後であろうが『虹』を感じる事ができる。

その証拠に——

今もまた、新たな虹が彼女に向かって伸びてくる。

遙か眼下の、５００ｍ程離れた場所からだ。

彼女は即座にその『虹』の正体を知る。

巨大鮫を屠ろうとして放たれた対戦車ロケット、ＲＰＧ—７の弾頭が空を切り、そのままこちらに向かって飛んで来るではないか。

「……また一人、やられたか」

舌打ちをするイルヴァ。

サメ相手ならば、水中か、跳ねたとしても水平に近い角度目がけて撃つ事になるだろう。

それがこうして五十三階建てのビルの上層部に向かって飛んでくるという事は、大きく体勢を崩しながら撃ったという事だ。

恐らくは、サメにやられて倒れながら撃つかたちとなったのだろう。

イルヴァは部下の持っている対戦車ロケットの有効射程がせいぜい３００ｍであると知っている。それを過ぎた為か大きくブレながらこちらに向かって飛んで来るのだが——

彼女の研ぎ澄まされた感覚はそのブレによる軌道すらリアルタイムで感じ取り、まるで未来を予知するかのように『虹』がこちらに向かって煌めき続けるのを確認していた。

そして彼女は、そんな自分の感覚を信じ切っているからこそ行動を起こす。

常に軌道がブレ続けている為、『虹』の範囲も広く、その範囲の中心あたりがより色濃く煌めいているように見えた。

後ろに下がって屋上に隠れるのが一番の安全策。

だが、イルヴァはその道を選ばず、より手っ取り早く虹から逃れる方法を選んだ。

まるで散歩でもするかのように空中に足を踏み出し、そのまま自由落下を始めるイルヴァ。

入れ違うように、数秒前まで彼女が立っていたビルの縁の数メートル下に弾頭が着弾。派手な爆音と共にビルの外壁を破壊した。

イルヴァは落下の最中にビルの壁面の凹凸(おうとつ)を巧みに蹴り、身体を回転させながら落下速度を調整していく。

当然ながら、普通に落下すれば絶命は免れぬ高度だ。

だが、彼女は薄く微笑みながら落下を続け、ほぼ一秒おきにビルの外壁に手足を触れながら一定以上の加速を許さぬまま己の身体を地上近くへと運んで行く。

彼女が最後に目指したのは、市庁舎の一階にあるカフェテラスに張られた日除(ひよ)けシェードだ。

頑丈な帆布で作られた大型のシェード。

それに身を任せればクッション代わりとなってあるいは助かるかもしれないが、彼女はそれを良しとしなかった。

頭上から、『虹』が迫るのを感じ取っていたからである。

彼女は落下しながら身体を壁面に近付けると、最後の10m程、ビルの壁面を地上に向かって駆け下り、そのままテラスのシェードまでをも走り抜けた。

落下エネルギーを横向きに変え、シェードをジャンプ台代わりとして横に飛ぶイルヴァ。

その直後――一秒前まで彼女が走っていたテラスのシェードに、ロケット砲によって破壊されたビルの外壁の一部が降り注いだ。

一瞬で瓦礫と化したテラスを置き去りにして、イルヴァは転がりながら落下の衝撃を殺し切るかたちで地面へと着地する。

まるでビルの屋上から落としたサッカーボールが、テラスのシェードを転がって地上へと撃ち出されるような動き。それが今しがたのイルヴァの挙動だった。およそ人間業ではない。

「……少し鈍ったか?」

イルヴァは何事も無かったかのように立ち上がると、腕についた擦り傷を見ながら溜息を吐き出した。

元々日除けシェードを視認していたから飛び降りたのか、それとも『下に虹が見えなかったから落ちた』のか。それは彼女にしか解らぬ事だが、どちらにせよ正気とも思えぬ所業と言えるだろう。

そんな常軌を逸した怪物が、島に残るもう一方の怪物――カナデへと意識を向け直す。

――あのサメは、私を誘っているわけではない……。

――ベルトランが報告していた、博士の言葉を信じるなら……。

――サメは、博士を救おうとしている。

――その為に、『奴』は私達の力を削ぎ落とそうとしているのか?

イルヴァはそう推測し、部下を大勢喰らった人食い鮫を始末すべく動き出す。

現状において、神出鬼没なサメが、唯一確実に顔を出すであろう場所。

即ち、紅矢倉博士がいる研究所へと。


♪

数十秒前　市長室

「なんだ!?」

そう叫んだのは、市長室で富士桜市長と狐景を見張っていた傭兵だった。

ロケット弾が撃ち込まれた事でビル全体が揺れ、その事情を知らぬメンバーと、当然ながら囚われている人質達の間に動揺が走る。

狐景も驚いている中、市長だけは泰然自若とした様子で視線を音のした方向に向けていた。

無線で何処かに連絡を取り始める傭兵を見て、市長はニヤリとほくそ笑む。

「どうやら、区画の分離に続いて何かが起きているらしいな?」

「お前には関係ない!」

「よもや、人質だけではなく君達ごとビルを崩して証拠隠滅でもするつもりか?」

「黙ってろ!」

傭兵はそう叫んで、無線へと集中する。

その様子を見た市長は、黙り込むフリをして囁いた。

(幸運か不運かは分からないが、状況が動きそうだ)

富士桜市長の中に、『このまま大人しくしていれば、全員が無事に解放される』という考えはない。

――あのイルヴァという女は、無駄な殺しをするタイプではない。

――だが、必要とあらば民間人だろうと手に掛けるタイプだ。

襲撃者達の目的が研究所にあるとすれば、最大の問題は逃走手段だ。

船で逃走するという手を使うのか、あるいはヘリの迎えでも来るのか。

――……潜水艇、という可能性もあるな。

人工島『龍宮』の研究所と港湾部には、それぞれ大型の潜水艇用ドッグがある。

仮にそれを使うとしても、政府が、あるいは研究所に出資している各国がみすみす逃がすような真似をするだろうか？

如何なる手段を用いても、追跡は行われる事だろう。

——政治的な目的を持ったテロリストと見せかけて、やる事は研究資料の奪取……。

——だが、あの研究所の成果物には、それだけの価値はある。

目を眩（くら）ませる為に、『最大級の悲劇』を起こす可能性は十二分にありえるし、逃走の際にはそれなりの数の人質を連れて行く事も予想できた。

その場合、自分はその一人に数えられるだろうと市長は考える。

権力者だけなら公務に殉じろと言われる可能性もあるし、富士桜市長自身もその覚悟はあるが、襲撃者達もそれを考えて民間人——特に子供達も人質に選ぶ可能性が高い。

——最低でも、島の広場がある商業区画だけでもこいつらから切り放す事ができれば……。

人工島が区画ごとに分裂した今は最大のチャンスでもある。

普通ならば襲撃者達が商業区画に移動するだけだろうが、今は何かしらのトラブルが起きているのは明白だ。

富士桜市長としては、隙を見て拘束から逃れる事は可能であるが、下手に動けば別室で人質となっている市庁舎の職員達が危ない。

――ふむ。いざとなれば、私も含め職員には公務に殉じてもらう事にするか……。

――一般市民の安全の為だ、職員の皆も納得してくれるだろう。

――納得しなければ……、まあ、仕方ない、私が恨まれれば良いだけだ。

あっさりと自分自身と職員の命を割り切り、市民を守る算段を組み上げ始める市長。

「ふふ……」

自然と笑みを漏らす富士桜市長に、狐景が首を傾げた。

「何で楽しそうなの？」

「ああ、すまない。楽しんでいるわけじゃない」

普通の声で言いながら、市長はゆっくり首を振る。

「ただ、思い出しただけだ」

「何を？」

「10年前……あの『ヴォイド』と命がけで戦った時の事をな」

そして、当時の面子を思い出したその時――

また一つ、運命の歯車が回り始めた。

部屋の扉がノックされる。

無線で各所に連絡を取ろうとしていた見張りの男が、訝しげにドアに向けて言う。

「誰だ？」

仲間であれば、ノックの後に何かしら声をかけるか、事前に無線で連絡してくる筈だ。

そもそも、入り口にも一人見張りがいた筈である。

怪しんだ傭兵の男は無線機を再び手に取り、別室の仲間に連絡を取ろうとした。

だが、強烈なノイズが走り、無線は繋がらない。

それはつまり、無線が妨害されているという事だ。

特定の周波数だけか、あるいは全体的な通信妨害が為されているのか、それを確認すべくベルトランに連絡を取ろうとしたのだが――

一瞬速く、市長室の扉が開かれる。

「！」

素早く銃を構え、柱の陰から様子を窺う傭兵の男。

彼は警戒するが、扉から誰かが入ってくる様子はない。

電気は基本的に消えている為、窓から離れた部屋の入り口付近は薄暗い。

目をこらしつつ、何かあればすぐに発砲する準備をしていた傭兵だが――

コツリ、と、何かがぶつかる音がして、そちらに銃口と目を向ける。

すると、そこにはペンが落ちている。

室内では見かけなかった、変わった形状のペンだ。

廊下の死角からこちらを牽制する為に投げられたものだと判断した傭兵は、扉の外の仲間がすでに無力化されていると確信しつつ大きな声を上げる。

「ゆっくりとだ！　ゆっくりとこっちに入ってこい！」

最大戦力であるイルヴァが居ない上に、外の仲間がやられていると判断した傭兵の男は、扉の外にいる何者かに対して脅しの言葉を投げかけた。

「いいか！　こちらには人質がいる！　下手な真似をすれば市長が死ぬ事になるぞ！」

それに合わせるかたちで、市長が大声で笑いながら口を挟んだ。

「さて、人質になるかな？　何しろ私には敵も多い、これ幸いと私こそを消しに来た刺客かもしれないぞ？」

「黙ってろ！」

市長に銃を向けながら叫ぶ傭兵の男。

「いいか！　三つだ！　三つ数える！　その間に出てこなければ、市長を撃つ！」

銃を通路と市長、どちらにも即座に向けられるようにしながら、傭兵の男は大きく声を張り上げた。

「一つ！　……。　……二っ!?」

二つ目のカウントをする最中に、銃を構えた傭兵の腕が蹴り上げられた。

「はっ……？　なっ……がッ……」

そのまま悲鳴を上げる間もなく銃を奪われ、チョークスリーパーのかたちで絞め落とされる。

わずか数秒にも満たぬ早業。

だが、それを為した者の姿を、傭兵は意識を落とすまで一度も見る事は叶わなかった。

何しろ、客観的に見ていた市長ですらその姿を視認する事ができなかったのだから。

だが、元より目の見えない狐景だけは別の意味で混乱していた。

「え？　……えぇ？　何がどうなってるの？」

彼女の感覚では、市長が大声を上げている間にゆっくりと室内に入ってきた男が、そのまま傭兵に近付いたようにしか聞こえなかったからである。

困惑する狐景の前で、市長が呆れたように言った。

「……驚いたな、そんなものまで研究していたのか？」

何もいないように見える空間。

だが、市長の声に応えるように、倒れた傭兵の傍から別の男の声が響いた。

「借り物だよ。こいつらの仲間が、これを纏って襲ってきたのでね」

すると、狐景には何か布を剝がしたようにしか聞こえなかったのだが――部屋の中に劇的な変化が起こる。

何もなかった空間から景色そのものが捲(めく)れ上がり、中から白衣姿の大男が現れたのだ。

「大声を上げてくれて助かったよ、市長。足音だけが心配だったんでな」

「そのペンは研究所の備品だろう、何かしら意図があると思ってね」

肩を竦める市長は——そのまま拘束を外して立ち上がった。

後ろ手に親指同士を拘束していた結束バンドは、スルリと抜け落ちたかのように床へと転がっている。

「えっ!?　ええっ!?」

次々と鼓膜を揺らす事態に困惑が止まらぬ狐景。

「ん？　ああ、これか？　縛られる時にちょっとしたコツがあってね、手の全体を……いや、君に話して傭兵に広められても困るからな。もっと仲良くなってから話してあげよう」

事もなげに言う市長は、そのままジャメに向かって不敵に笑いながら言った。

「他の部屋は？」

「制圧済みだ。妙に人数が少なかったが……先刻の爆発といい、どうやら相当に厄介な『何か』と戦っているらしいな」

ジャメと市長は、その『何か』の予想がついているのか、似たような苦笑を浮かべ合う。

「またサメか。……あの時の面子には、一人足りないな」

「ああ、その最後の一人を助けに行くところだ、協力してくれ」

ジャメがそう言うと、市長が肩を竦めて言った。

「報酬は要らん。その代わり、行きがけに手伝ってもらおう」

市長は半日ぶりに拘束を解かれたばかりだというのに、万全であるかのような仁王立ちをしながらジャメに告げる。

「商業区画に残ってる連中を片付けて、市民のいる浮島を完全に隔離する」

「君ならそう言うと思っていた。君が声をかければ、警察も動かせるだろう」

「場合によっては、戦う必要があるかもしれないがな」

「奴の息子……いや、雫の弟である『カナデ』ともな」

第16歯

10年前　某洋上研究施設

「雫!?　何故起きている!?」

クワメナ・ジャメの叫ぶ声を聞きながら、紅矢倉雫はゆっくりと通路に歩を進める。

人食い鮫『ヴォイド』との死闘の末、右腕と引き替えについにその命を断つことに成功した雫であったが——

海上施設の医療室で彼女が目覚めたのは、それからわずか数時間後の事だった。

事前に痛覚を消す為に仕込んでいた薬のせいか、あるいは何か別の要素があったのかは分からないが、のちに雫はこの時の事を『運命に呼ばれたのだろう』と表現している。

「あいつは……ヴォイドは、どうなった」

「君も見ただろう。木っ端微塵だ」

「死骸は？　まさかそのままサメのエサにしたわけじゃあないだろう？」

「……」

麻酔や血止めの応急処置などは行っているとはいえ、腕を失っているのだ。

とても歩き回れるような状態ではない筈なのに、彼女は息を荒らげながらも立っている。

恐らく興奮状態により脳内で分泌されたアドレナリンの影響で苦痛を感じていないのだろうと判断したジャメは、彼女の肩を支えながら言った。

「落ち着け。やっと通信設備が復旧したんだ、もうすぐ本土からヘリが来る」

「……心配はありがたいけれど、私は知りたいんだ、奴がどうなったのか……」

「サンプルは回収している。もちろん全てではないが……」

何か言い淀む様子のジャメを見て、雫は更に問う。

「見せてくれ……奴の肉片を……そうじゃなければ、私は、安心して死ねない……」

「よせ、止血処理をしたとはいえ、無理をすれば本当に死ぬぞ」

尚も通路を進もうとする雫を、ジャメは無理矢理にでも止めようとするが――


「いいじゃないか、ジャメ博士」


凛(りん)とした声が、通路の中に響き渡る。

カツリ、と小気味よい足音と共に現れたのは、この海上研究設備の行政的な意味での責任者となっている富士桜龍華だ。

富士桜工業(ふじざくらこうぎょう)の若きＣＥＯである彼女もまた、『ヴォイド』との死闘の際に研究設備の崩落に巻き込まれて打撲や骨折をしている筈なのだが、それをまるで感じさせぬほどに気丈な調子で立っている。

「私も家族……父を奴に喰われているが、特に親子の情は無かった。寧ろ、そのおかげで会社の全権を握れた事に感謝していたぐらいだ。だが、雫は私とは別だ。家族の仇を討てたかどうか、ハッキリと確認する必要があるだろうし……」

そこで一度言葉を止め、肩を竦めながら続けた。

「あの子をどうするか、彼女にこそ決める権利があるだろうさ」

「あの子?」

血が足りないのか、青い顔をしながら問う雫。

そんな彼女と龍華の顔を見比べた後、ジャメは大きく溜息を吐きながら言った。

「……オオメジロザメとの共通点が、また一つ証明された」

そして、彼女に肩を貸したまま歩み続け、一つの部屋の前に辿り着く。

「卵生でも卵胎生でもない、魚類でありながら完全な胎生であるという事が……」

言葉と共に、扉が開かれ——雫は、『それ』を見た。

部屋の中央に置かれた、小さな浴槽のようなケース。

その中に、一匹の小さなサメが身体を丸めるように蹲っていた。

「つまり、『虚無(ヴォイド)』の奥底には新しい命が宿っていたというわけだ」

「……」

沈黙する雫の背後で、龍華が言う。

「ジャメ博士は危険だと主張しているし、私も危険性そのものには同意している。だが、同時に貴重な存在であるというのも確かだ」

「……」

「奴を倒したのは君だ、雫。いや……紅矢倉博士」

龍華は生物学に関しては門外漢の筈なのだが、堂々とした立ち振る舞いでまるで自分がその世界の権威であるかのように断言した。

「この赤子を戦利品として扱うか一つの生命として扱うか……その上で、この『ヴォイド』の肉片……胎盤の中から出て来た『遺児』をどうするか、君には選ぶ権利がある。君にとっては家族を殺した憎い生物の家族だからね、憎しみのままにこの場で切り刻もうと踏み潰そうと、私達は見なかった事に……いや、最初からそんなものは存在しなかった事にする」

「要するに丸投げじゃないのか……？」

批難するようにジャメが言うが、龍華は心外だとばかりに肩を竦めて言った。

「いや？　決めたくないというなら私達に権利を譲ってくれてもいい。私としては、ネブラあたりに研究資料として提供するか、生きたまま好事家のガルダスタンスか夏瓦(なつがわら)あたりに売るという事も視野に入れる。そんな雑な扱いになるのは目に見えているが、どうする？」

「どうもこうも……雫、彼女の言う事は聞くな。第一君はまだ麻酔で朦朧（もうろう）としている、判断はそれからでも……」

だが、その言葉を遮る形で、雫が口を開く。

「……この水槽では、小さいですね」

「何？」

「きちんとした魚類の飼育設備が西区画にあります。あそこはまだ無事な筈ですから、そこに運びましょう」

「……飼育するつもりなのか？」

訝しむように言うジャメに、雫は言った。

「今回、『ヴォイド』を駆除する為に相当な横紙破りをしました。だからこそ、今後の為にも……『ヴォイド』が最後の一匹であるのか、それともつがいがまだいるのかをハッキリさせる必要がありますし……仮に『ヴォイド』が他にも繁殖している可能性を考えれば、生態を解明する事が今後の対策に繋がります」

「ふむ……世間に公開するには、少々物議を醸しそうな意見だが」

龍華が目を細め、試すように言う。

その問いに対し、雫は残された目に強い覚悟の光を宿らせながら言った。

「公表はしません」

「……ほう、正気か？」

「私のラボで預かりますし、責任は全て私が取ります」

「そこまで言うのなら、君の意見を尊重しよう。なに、うちが建設中の人工島に大型のラボが入る予定だ。『ヴォイド』を倒した英雄となれば、宣伝塔としてねじ込む事も可能だろうね」

「ミス富士桜。それはあまりにも……」

英雄の所属する島として宣伝する為の材料になれ、という露骨な取り引きを持ちかける龍華に対し、ジャメが眉を顰める。

だが、雫はその言葉を受け入れるように笑い、龍華に告げた。

「ええ、損はさせませんよ……富士桜ＣＥＯ」

「雫……」

「ジャメさんも分かってください。ようやく『ヴォイド』を駆除して、マイナスがゼロになったんです……少しでもプラスに持っていく為の措置ですよ」

麻酔で朦朧とした上での妄言ではなく、理路整然とした言葉。

「……まずはヘリを待ちたまえ。治療が終わってから、改めて話をしよう」

「分かりました……龍華さん」

「なんだ？」

雫は富士桜龍華に改めて向き治ると、真剣な顔で言った。

「私が治療している間に……この子が見つかったり、誰かに殺されたりしないように……お願いしますね」

「……引き受けよう」

「……」

仕方が無い、とばかりに苦笑する龍華とは違い、ジャメは困惑した顔で雫を見ている。

ジャメは、心の底から彼女の意見に同意する事はできなかった。

危険性や倫理感とは別の観点から、雫の心が壊れているのではないかと疑ったのである。

彼は、聞いていたのだ。

――「……そこに居たんだね」

部屋に入った瞬間、沈黙しているように見えた雫が、サメの幼体を見た瞬間に、かぼそい声で呟いていた言葉を。

消え入るようでありながら、歓喜に満ちた声で――


――「おかえり……カナデ」

と、涙を滲ませながら雫が紡ぎ出したその言葉を。

♪

現在　市長室

「まったく……だから私は反対だったのだ。秘密裏に『ヴォイド』の子を飼育するなど」

「おや、君も最近は雫とコミュニケーションを取り始めているカナデに興味を示していた……と聞いているがね」

「研究資料としての興味だよ。情が湧くかどうかは、それこそコミュニケーションの結果次第だったろうさ。見ろ、管理ができるできない以前に、こんな乱暴者達を島に呼び寄せてしまう結果になった」

足元に転がる武装傭兵を見ながら言うジャメに、富士桜市長は肩を竦めた。

「宝石強盗が来たからと言って、宝石を棚に並べる店が悪いとでも言うつもりかな?」

軽口のように言い合うジャメと市長の声を聞き、狐景がポカンと口を開けている。

そんな彼女を見て、ジャメが首を傾げた。

「その子は?」

「協力者だよ、今はね」

「……」

じっと狐景の方を見たジャメは、ふと、彼女の顔立ちが誰かに似ている事に気付く。

そして、相手が激昂せぬよう言葉を選びながら言った。

「あー……違ったら済まないが、君の弟は無事だよ、野槌嬢」

敢えて、相手が名乗らぬ内から推測した名字を口にするジャメ。

「！」

反応は劇的だった。

戸惑いを全て消し去り、鬼気迫る表情でジャメを耳と口で睨み付ける。

「灯狸は……灯狸はどこ!?」

「保護している、拷問などはしていないし、名目上は未成年者として島の署の生活安全課が保護しているし、君達の他の仲間とも隔離している」

「……」

狐景は黙り込んで相手の声に耳を傾けていた。

恐らくは、ジャメの言葉に嘘がないかどうかを判断しようとしているのだろう。

そんな彼女に対し、市長が言った。

「さて、どうする？　私はこうして自由になったし、君をここに拘束して置き去りにする事もできるわけだが……交渉を持ちかけたのは私だ、状況が変わったからといって後ろから撃つような真似はしない。後ろから撃たれた場合は徹底的に潰すがね」

懐柔とも脅しとも受け取れる言葉を紡ぎながら言う市長に、狐景は言葉を絞り出す。

「……今さら、私に何を求めるのさ」

「そうだな……少しばかり、誘導をしてもらおうか」

「誘導？　私の仲間をどっかに集めて爆弾で一網打尽(いちもうだじん)にでもする気？」

「面白い案だが、虐殺は私の趣味ではないのでね。順番が違う」

ある意味、状況によってはそれを実行するとでも言いたげな事を口にしながら、市長は生き生きとした表情で狐景に告げた。

「誘導して欲しいのは、私が護(まも)るべきもの……一般市民の皆様だよ」


♪

海洋研究所区画　某所

「……あの手は、ガルザの奴のか」

空中にぶら下がるカーボンファイバー製のロープ。

それを握り締めたままの左腕を見ながら、イルヴァは小さく呟いた。

左腕の先は千切れており、胴体も頭部も見当たらない。

人食い鮫の気配を追ってここまで来たが、そこは歩行可能な通路やパイプなどが破壊された区画だった。

水面からは潮の匂いが漂っており、海と直結しているという事を感じさせる。

更に言うならば、水面に浮かぶ喰われかけのダイオウイカがそれを証明していた。

島が分断された事により、いくつかの通路は使えなくなったのだろう。

ここは研究設備の一部であり、最後の瞬間まで市庁舎のある中央区画と繋がっている場所だ。

——研究所の外周部からこちらに戻る道を通る合間に、『奴』に襲われたか。

部下の死を簡略的に弔った後、イルヴァは足早に歩を進める。

研究所の内部には、まだ十人ほどの仲間がいる筈だ。

だが、ガルザがここで襲われているという事は、外周部は既に巨大鮫に襲撃された事になる。

残ったガルザが自分達と合流する為にこちらに来たのは、研究所の内部に向かう道との間で襲われたという事だろう。

——間違い無く、何かしらの遠隔攻撃の手段を持っているな。

流石に電撃を纏わせた水飛沫だけならば、簡単に研究所の内部まで逃げ込めるだろう。

それができなかったという事は、長距離と中距離の攻撃手段も持っていると見るべきだ。

——無線で言っていた手榴弾や銃器を使うというのも、幻覚ではない……か。

——セイレーンが録画したという映像を共有する時間があれば良かったが。

現在は島の分離でごたついており、ドローンを操るセイレーンの部隊とも連絡が付かなくなっている。

サメにやられたのか、それとも島の警察組織に囚われたのかは分からないが、確認している暇は無かった。

自分達の目的である紅矢倉博士とその研究資料がロストした時点で、自分達の作戦は失敗となる。荒唐無稽な話だが、サメが博士達を救うべくベルトラン達を喰い殺したとしても同じ事だろう。

イルヴァは破壊された足場ではなく、壁などを伝うパイプなどの上を器用に渡り、さながら映画に出てくる忍者のような動きでその区画を駆け抜けた。

するとーー研究所の前の地上部に出るか出ないかという所で、遠くから放送の声が響く。

『あーあー、テステス、聞こえてるかなー？　人質のみんなぁー』

「……狐景？」

島内の放送設備から聞こえて来た声に、イルヴァは軽く眉を顰める。

『こっちも切羽詰まっててねー、もうお遊びは無しだよ！　人質の皆は、今から私の言う通りに動いてもらうからね！　でないと、今度はみんなの中から「花火」が上がっちゃうかもよ？』

それは、島内の人質達を脅すような言葉だった。

だが、当然ながらイルヴァはそのような指示はしていない。

「拘束を逃れて暴走したか……？」

狐景は元々、自分達の組織よりも弟の灯狸を優先する人間だ。

その弟がこの島の警察に囚われたからこそ、こうした事態になるのを避ける為に狐景を拘束していたのだ。

「……いや、だとすれば、市庁舎の仲間はどうした？」

狐景は驚異的な聴力を持つが、戦闘能力そのものは低い。

一人で拘束を解いて仲間を傷つけて放送設備にまで駆け込んだとは考えにくかった。

イルヴァは試しに無線のスイッチを入れるが――

酷いノイズが走り、思わず耳を離す。

周波数を弄るが、結局、どの仲間とのチャンネルも使えない状態となっていた。

「ジャミングか……」

イルヴァはそこで、サメ以外にも予想外の事態が起こりつつある事に気付く。

通常のジャミングが行われた場合に備え、仲間内での通信に関しては、セイレーンが飛ばしている無数のドローンを中継地点として安定性を保たせるシステムを構築していた。

だが、それが働かないどころか、これほど強力なジャミングが起きているという事は、寧ろそのドローンがジャミングを行っている可能性すらあり得る。

「なるほど、セイレーンもやられた……いや、優先的に排除されたと見るべきか……」

イルヴァは気を引き締めながら、地上部へと歩を進めた。

「……狐景が、裏切ったか？」

――だとすれば、残念だ。

わずかに顔を曇らせながら、イルヴァが心中で呟く。

――死なせたくはないから、わざわざ拘束したのだがな。

イルヴァは基本的に個に重きを置くし、自らも妹を大事に想っているので、殊更に責める気はない。だが、自分が許すと言っても、副官のベルトランは狐景を始末するだろう。

それを止める事は部隊の瓦解を意味する為、そこまでして狐景を庇う理由もなかった。

――まあ……そもそも、これだけメンバーが死ねば、既に瓦解しているも同じだが。

ふと、彼女は一人で傭兵を始めた頃の事を思い出す。

命がけで仕事をし、妹の学費を稼ぐ毎日。

今のように部隊を率いるようになった事で生存率は上がったが、生きがいが減ったのも事実である。

時は経ち、今はもう妹の学費を稼ぐ必要は無くなっていた。

故に、イルヴァは考える。

死んだ仲間には申し訳無いと心底思うのだが——同時に、良いチャンスでもあると。

——この仕事が終わったら、一人に戻るか。

——まあ……生き延びられればの話だがな。

言葉とは裏腹に、心の底から楽しんでいるというように口元を緩ませながら、彼女は研究所の内部へと向かった。

外周部にサメの気配は感じられないが、相変わらず島の中に銃声は広がっている。

「即座にこちらに来ると思ったが……やはり、意図的にこちらの頭数を減らしているのか？」

本当にサメが研究所で博士を救おうとしていると仮定した場合、少しでも手間取れば傭兵集団の勢力が集結するのは明白だ。

だからこそ、島中に分散している状況で各個撃破するというのも確かに一つの手ではある。

穴もある作戦ではあるが、魚類であるサメがそれを意図的にやっているというのならば——

「相手にとって、不足はなし……か」

凶悪な笑みを浮かべたまま、イルヴァは研究所の中へと歩を進めた。

その中でやがて起こるであろう戦いを予期し、期待に胸を膨らませながら。

♪

人工島『龍宮』商業区画

「先生……ボク達、もう帰れないのかな……」

島の広場の片隅に固まっている、流星観測ツアーに招待されていた小学生の一陣。

その内の一人である八重樫フリオの言葉に、傍にいた教師が声を上げる。

「大丈夫だ、もうすぐ悪い人達はどこかに逃げるか逮捕されるさ」

周囲の他の生徒達も纏めて安堵させるように大声で言うが、それでも空気は変わらない。

それも無理はなく、現在、島のあちこちから銃声や爆発音などが響いているような状況であり、なにより他の区画と分断されたらしく、遠くにあったビルが少しずつ離れていっているのが小学生達の目にも確認できたからだ。

誰もがその音に怯えており、多くの者は近場のベンチや樹木の陰に隠れるように蹲っている。

もっとも、それは小学生達だけではなく、大人達もだったのだが。

そんな中で、昨日爆発が起こった時と同じ放送の声が聞こえて来て、この商業区画にいる者達は指定された順に中央部に移動させられる事となった。

人質を管理しやすくする為だろうか、あるいは纏めて始末する腹づもりなのかと教師陣は不安に思ったが、それを表には出さずに生徒達を宥めながら移動する順番を待ち続けていたのだが——


「くそ、狐景の奴、なんでこんな放送を？　無線機も通じねえし！」

「ベルトランの旦那の指示か？　まあいい、急げ！　あいつらにするぞ！」

「ガキだぜ？　姐御にバレると不味いぞ」

「んな事言ってる場合か！　ドードーの奴までやられたんだぞ！」

そんな声が聞こえて来て、小学生の一団の前に二人の銃を持った傭兵が立ち塞がった。

各々の目に、強い恐怖と、それを押し殺すかのような憤りを滲ませながら。

「あの化け物をぶち殺せんなら……、一人か二人消えても問題ねえだろ」


♪

人工島『龍宮』市庁舎区画

「まさか、ドローンを利用して逆にジャミングをかけるとはな」

呆れるように言うジャメに、市長がノートパソコンを弄りながら答えた。

「何、昔取った杵柄だ」

「そういえば、富士桜工業は偵察用ドローンの大手だったな」

「というか、改造こそしてあるが、基礎は私の会社のドローンだな。舐めた真似をしてくれる」

口では文句を言いつつも、どこか楽しげな市長。

彼女は元々富士桜工業のＣＥＯであり、そのコネと資金力を元にこの人工島の市長となった身の上だ。

故に、解放された彼女は真っ先に相手のドローンと通信網の掌握に動いたのである。

ジャメと市長の周りには、先刻解放した市庁舎の警備員や、ジャメが連絡を取って極秘裏に回してもらった警察署員などがおり――彼らの手によって複数名の男女が拘束されていた。

「本来ならば各所を移動しながらドローンを操るスタイルだったようだが……サメが暴れているせいでろくに移動もできなくなった……というわけか」

溜息を吐きながら言うジャメに、市長が笑いながら続けた。

「サメが怖くて身動きが取れなくなるとは、セイレーンというには随分と名前負けをしているんじゃないか？」

「いや、そもそもセイレーンとサメの力関係が分からん」

日常的な会話を続けながらも、二人とも既に次の一手の為に手を動かしている。

市長はセイレーンの部隊から奪ったドローンの制御、ジャメはそのドローンから送られてくる映像から状況を分析していた。

「大分連中の数も減った、残りの大部分は研究所に……」

そこまで言ったところで、ジャメが机上に並べた複数のタブレットのうちの一つに目を止める。

映し出されていたのは、数万の人質を乗せたまま切り放された、中央広場のある商業区画に配置したドローンからの映像だった。

「……いかん！」

映像の中に映し出されているのは、一人の男性が二人の傭兵に引き摺られている姿だった。


♪

商業区画

「や、やめてくれ……！　いったい何を……」

「いいから来いよ、先生。生徒には手を出して欲しくないんだろ？　あぁ？」

苛立ちの中に明確な怯えの色を含ませた声を上げながら、傭兵の一人が成人男性の腕を引いて区画の端――すなわち、分離した今は海に直接面している橋の切れ目へと連れて行った。

彼は小学校の教師であり、数分前、『何か』に追われるように逃げてきた傭兵達から生徒を護ろうと立ち塞がったのだが、その結果として、こうして引き摺られる結果となったのである。

傭兵達の目には怒りというよりも何か恐怖から来る狂気のようなものが感じられ、何をされるかも分からぬまま教師は橋の方に連れて行かれた。

「狩りと一緒、狩りと一緒だ……餌を食ってる瞬間は隙ができる……そこをぶっ殺しちまえばお終(しま)いだぜ……やってやる、やってやる、やってやらぁ……」

ブツブツと独り言のように喋りながら言う傭兵。

「え、餌？　なんの話……」

「先生様の話だよ、子供達に食育ってやつを教えてやってくれや。身を以てなぁ」

引きつった笑みを浮かべながら、教師を橋の先――他の区画との接続が途絶え、ただの崖と化している部分へと立たせようとする二人組の傭兵。

そのまま海の中に投げ込もうとした、その刹那。

後方より飛来した未開封の缶ジュースが、傭兵の頭へと直撃する。

「がっ……！」

振り返ると、そこには何かを投げた直後と思しき少年が立っており、震えながら叫んだ。

「せ、せせ、先生をっ！　はなせっ！」

「ふ、フリオ君！　来ちゃ駄目だ！」

教師が慌ててその少年の名前を叫ぶが――

「……ってぇ……」

傭兵の男の声が冷え込み、じろりとフリオを睨み付ける。

「ひっ……」

「勇気があるなぁ、小僧」

缶の角が当たり、頭部からわずかに血を滴らせた男がゆっくりと少年に近づいた。

「あっ……」

逃げようとしたが足が縺れ、転んだ所で胸ぐらを掴まれて無理矢理引き起こされる。

「でもなあ、余計な事をして事態を混ぜっ返すガキは、映画でも現実でも嫌われるんだぜ？」

そのまま傭兵の男はフリオの身体を軽々と持ち上げ、教師の横を通り過ぎて橋先へと向かう。

「そういうガキは、酷い目に遭わせてやるに限るよなぁ？」

「や、やめろ！　私を――」

教師が止めるのも聞かず、フリオが悲鳴を上げる暇も与えぬまま、傭兵はただ、己が為そうと思ったことを為した。

少年の身体が宙を舞い、そのまま海中へと落下する。

「……っ！　……ッ！　……ぷはっ……あっ……あうぇっ……」


水面に叩きつけられた衝撃で息が詰まり、焦って開かれた口に海水が流れ込む。

溺れそうになりながらも、必死に手足をばたつかせ、海面に顔を出すフリオ。

「たすっ……け、てっ……おとうさ……おがあ……」

水に揉まれながら、咄嗟に家族の事を呼んで助けを求める少年だが、傭兵はそんな少年ではなく、更に奥に視線を向けていた。

そして、橋の先端に這いながら辿り着いた教師も『それ』に気付いて息を呑む。

視線の先――フリオの10m程先の海面に、これまでに見た事もないほどに巨大なサメの背びれが突き出しており、ゆっくりと少年に向かって移動していたからだ。


「おねえ……ぢゃ……ん……」


背後のサメには気付かぬまま水中に沈み始めた少年に、傭兵の一人が銃を向ける。

「ちっ……中々食いつかねえな……俺らの仲間は一瞬で食い千切りやがったのによ！」

照準を少年に合わせ、引き金に指をかけた。

「血の臭いが無いと、やっぱダメか？　あぁ!?」

恐怖を押し殺す為の叫びを上げながら、少年の肉を銃弾で切り刻もうとしたその瞬間——

横合いから飛来したドローンが、傭兵の身体に体当たりをした。

「うおっ!?」

バランスを崩し、狙いが逸れた銃口から吐き出された銃弾がフリオの数メートル横の水面に数発突き刺さり、小さな水飛沫を上げる。

教師はフリオに弾丸が当たったのではと思い一瞬目を覆ったが——

数秒後に目を開いた時、彼の、いや、その場に居た全ての者にとって信じられない光景が飛び込んできた。


♪

行政区画

「……信じられるか、市長」

「ああ……サメではなく、テロリストの方にドローンをぶつけた私の勘と腕前を褒めてくれてもいいぞ？」

ドローンのカメラ越しに映し出されたその光景を前に、ジャメは息を呑み、市長は一瞬驚いた後に、愉快そうに口角を上げ続けた。

「いや、褒めるべき相手は別にいるな」

「ああ、そうだな」

意見が一致したのか、二人は黙って映像の続きを見守り、一人の女性に称賛を送る。

紅矢倉雫博士は、パンドラの箱の中に、確かに希望を育んでいたのだと。


♪

商業区画

「くそっ!?　セイレーンの連中!　どういうつもり……だ……?」

体勢を立て直した男が、ドローンよりも先にサメを視認しようとして顔を海に向ける。

そして、彼も教師と同じように目を丸くした。

「なん……だ?」

溺れかけていた筈の少年が、手足を動かさぬまま泳いでいる。

それが最初の印象だったが、横にならぶサメの背びれでそれは違うと認識した。

では、サメに咥えられているのか？

だとすればまさしく撃つべき好機だが、そうではなかった。

ある意味で好機ではあったのだが、あまりに信じられぬ光景であった為に、戸惑いが引き金を引く事を一瞬忘れさせたのである。

それ程までに、彼らにとっては常識の埒外の出来事であった。

仲間を大勢喰い殺した巨大な怪物が、己の頭の上に少年を乗せて、優しく水面に持ち上げて優雅に運んでいるだなどと。


「なんだ……そりゃ……」

放心する傭兵の目の前で、少年を乗せたサメは悠々と泳ぎ去った。

そして、傭兵達から遠く離れた地点にやってくると、階段の下の水面間際に作られた、水路点検用のスペースへと少年の身体を押し上げる。

傭兵達は知る由も無く、本人達ですら忘れている事であったが――

奇しくもそれは、フリオとカナデが始めて邂逅した階段であった。

そして、巨大鮫がフリオの安全を確保した後に水中に沈んだのをきっかけとして、傭兵が銃の引き金を全力で絞った。

「なんだぁー！　そりゃぁあああぁ！」

激高した傭兵が、ただひたすらに銃を乱射する。

「俺達のっ！　仲間はっ！　簡単にっ！　喰い殺しやがった癖によおあぁぁ！」

後半は雄叫びの様に叫ぶ傭兵。

それに釣られ、残る傭兵達も水面に銃を撃とうと近付いた。

どれほど水辺が危険なのか理解していた筈なのに、怒りと混乱が彼らにその事を忘れさせてしまったのである。

次の瞬間、橋を横から飛び越すようなかたちでカナデが水面から跳躍し、数人の傭兵達を噛み砕きながら、反対側の水中へと巻き込み落とした。


橋の上に残されたのは、何も解らぬまま呆然と這いつくばる教師と――

巨大なサメの顎が喰らい損ねた、傭兵達の手足の一部とわずかな血痕のみであった。

第17歯

──『フリオ』

その音の並びを、『カナデ』は知っていた。

最優先事項ではないが、それに準じるかたちで重要視していた単語。

フリオとはすなわち個体名であり、自らの命を救った別個体が口にしていた『オトウト』と呼ばれるカテゴリの一人だと。

自らも『オトウト』にカテゴライズされるという事は理解している。

つまり、姿形は全く違うが、自分の仲間である可能性が高い。

なによりカナデは、そのフリオという個体がかつて自分に食事を与えた事も記憶していた。

そんな存在が自分と、そして『シズクオネエチャン』を害そうとしている敵に襲われていたのだから、助けないという選択肢はない。


疑問も葛藤も無かった。

カナデは血に酔ってはいるが、敵とそうでないものの区別をつけられるだけの知性と理性が備わっている。その上で現在は大量に『食事』を補給した後の為、空腹を感じているわけでもない。

あるいは——

たとえ空腹状態だろうと、砂浜で自らを救った個体の願いを優先したのだろうか？

それは、誰にも分からない。

当事者である、カナデ自身にさえ。


♪

人工島『龍宮』行政区画

「サメは放置していい！　こちらから手を出して刺激しないように！」

そう指示した市長の言葉に、救出された警備員やジャメに協力する警官などが頷いた。

奇妙な指示だと思いつつも、確かに今はサメを相手にしている暇は無い。

カナデの事を『ヴォイドの子』だと知らぬ面々は即座に納得して各々の作業に向かった。

「曖昧な指示だが、大丈夫か？」

「実際にサメが子供を助けたのは見たが、武装をした私達にまで友好的とは限らないだろう？」

そっと耳打ちしてきたジャメの言葉に市長はそう答えると、肩を竦めながら続ける。

「それに……『あのサメは人間の味方かもしれないから支援しろ』なんて言ったらどうなる？」

「市庁舎の医務室に叩き込まれるな」

「あれがヴォイドの子だと知られれば、それだけで世間からは駆除対象だ。もちろん、鵜呑みにして手を差し伸べるほど頭が花畑なわけではないが……襲撃者達を減らしてくれているのは事実だからな」

「充分花が咲き乱れているよ、毒草だがね」

市長に皮肉を返した後、ジャメも呆れたように溜息を吐き出し、自らも敵から奪取した特殊迷彩の服を着て歩み出す。

「研究所に行くのか、ジャメ」

「ああ、私は全体の指揮には向いていないし……何より、早く知らせる必要があるからな」

ジャメはそこで一旦足を止め、己の頭にも花が咲いていると思いながら言った。

「この先、あのサメが普通に一般人に被害を与えるかもしれない、しれないが……」

「少なくとも、子供を一人救った事を、雫は知っておくべきだろう？」

♪

研究所区画　非常階段

　地上へと向かう階段を延々と上りながら、ベルトランが警戒を強めつつ呟いた。

「銃声が減ったな……始末したのか？」

「それなら、良いんですがね」

　まだ余裕の表情自体は崩さぬまま言うヴォジャノーイに、ベルトランが問う。

「あんた、懐にしまってる拳銃だけでいいのか？　なんだったらアサルトライフルぐらいなら貸してやるぜ？」

　予備の武器を背負っている部下の方を示しながら言うベルトランに、ヴォジャノーイは首を振った。

「いえいえ、ありがたい申し出ですが……例の個体が、どのようにして紅矢倉博士の身内と敵を見分けているのか解りませんからね。大型の銃を持つ人間は敵……そんな風に認識されて真っ先に目を付けられては困りますから」

「なるほど、俺らを生贄（いけにえ）にして確かめるって事か？」

「あなた達だけに損はさせませんよ」

そう言って肩を竦めると、ヴォジャノーイは後ろを歩かされているラウラの方を見ながらニイ、と笑う。

「逆に言うと、そこの子にアサルトライフルを持たせたら、『彼』はどう判断するんですかね?」

「ひっ……」

己がサメのいる水際で銃を持たされる姿を想像したのか、ラウラは青ざめた顔でガタガタと震え始めた。

「大丈夫だよ、ラウラ」

「先輩……?」

「そんな事はさせないし、仮にカナデが君を敵だと判断して食べてしまった場合は……私は、責任を取って君の家族に殺されるとしよう」

「それは大丈夫って言わないですよね!? やめましょうよ! 私の家族が雫先輩を殺すところなんて想像させないでください!」

本気で怒ったように言うラウラを見て、雫は軽い微笑みを返す。

「ああ、想像しなくていいよ。そんな事にはならないさ」

「ちっ、暢気なもんだ」

ベルトランは舌打ちをすると、ヴォジャノーイを見ながら言った。

「ま、人質に使うのは自由だけどよ、遊び半分で殺したりするなよ？　んな真似したら俺もあんたも姐御に殺されちまう」

「ええ。プロとして、線引きをきっちりなさるのは良い事です」

物騒な会話をしながら階段を上り続ける一行。

ベルトランが水面下の機密区画にまで連れてきた部下は四人であり、半分は銃を装備して警戒、もう半分は機密区画から持ち出した資料を運搬していた。

銃を持った二人は最後尾に配置し、雫とラウラが逃げ出さないように見張っている。

「さて……そろそろ辿り着くわけだが、あの水場を通る時が一番ヤバイ。場合によっちゃ、マジで博士にゃ人質になってもらうからな？　……ああ畜生、サメ相手に人質とか、こっちも頭がおかしいとは思うんだが……番犬とか相手に人質を取った例ってあんのか？」

そんな事をブツブツと言いながら階段を踏みしめるベルトラン。

やがて、先行していた部下の一人がついに海上部への出入り口に辿り着き、その厚い扉を開いたのだが――

「なっ……」

思わず声を上げた部下に反応し、ベルトランが顔を上げてその肩越しに覗き込む。

「あん？　どうし……うお」

彼の視界に飛び込んできたのは、来る時とはまるで違う様相の空間だった。

海に直結している実験用のプールの合間を通るように掛け渡された一本の通路。

ベルトラン達が来る時は形を保っていたその通路が今は半壊しており、途中で斜めに捩じ曲がっていた。

天井や壁の配管なども殆どが破損しており、拉げた配管が通路の途中を塞いでいる。

「姐御、随分と派手にやりやがったな……」

この場で『ヴォイドの子』と自分達のまとめ役であるイルヴァが死闘を繰り広げ、爆弾で撃退したという話を聞いてはいたが、ここまで派手な状況になっているとは予想していなかった。

「……いや、待て。本当に姐御とやり合っただけでこうなったのか？」

一番派手な破損は恐らく爆弾によるものだ。

しかし、その爆発の後に刻まれたと思しき破壊の痕跡もいくつか見受けられる。

「……」

訝しむベルトランの背後で、ヴォジャノーイが彼の心中を汲み取って言葉にした。

「おやおや、これは……あのサメがここに来た、という事でしょうか」

「この道をわざわざこんな通り辛くしたってのか？」

「見てください、この通路の中央辺り……半分以上崩落していますが、一人ずつならかろうじて通れるでしょうね」

「……そいつは流石に、サメ野郎を買い被り過ぎじゃねえか？」

ベルトランは苦笑いを浮かべる。

彼は、ヴォジャノーイが言いたい事を理解したのだ。

ようするに、『ヴォイドの子』である巨大鮫は、襲撃者達か、あるいは雫がこの通路を通る事を見越してこの様な形に通路を破壊したのではないかと。

「これでは人質の周囲を取り囲みながら移動……という真似はできませんからね、敵が通る時に襲いかかるもよし、紅矢倉博士が通る時に敢えて海に落として確保する……という真似もできるでしょう」

「人食い鮫が人間を咥えて泳ぐってか？　そいつはいい、輸送手段としちゃ随分エコだ」

「ええ、生物兵器としても低燃費ですよ、燃料を自動補給してくれるんですから」

ヴォジャノーイがそう言った瞬間、彼の額にアサルトライフルの銃口が突き付けられる。

「そりゃ、俺の部下が燃料になってるって言いたいのか？」

「燃料だけじゃありませんよ、私にとっては試金石、あなたにとっては囮でもありますね」

「……」

そのまま銃口を下ろしたベルトランは、不敵な笑みを浮かべながら静かに問う。

「まあいい、確かに旦那の言う通り、生き残る為ならお互いを囮にするのは日常茶飯事だ。身を張って部下を助けに来るのは姐御ぐらいのもんだが、あれだって優しいってよりゃ、自分が張り詰めた場所で遊びたいだけだろうけどよ」

首をコキリと鳴らしながら、ベルトランは周囲の部下達に言った。

「さて、お前らも囮を使って上手く立ち回る側になれよ？　ここが正念場だからな」

命など端から軽視している言葉だが、そんな上司の気質を昔から知っているのか、四人の傭兵達に特に不満な様子はない。

ただ、目の前に広がる破壊の痕跡を見て、改めて巨大鮫の力に驚異を抱いているのは確かであった。

あるいは——

そんな怪物を一度殺しかけたという、自分達のリーダーに対しての畏怖かもしれないが。

♪

研究所　海上部

「あ、姐御!?　どうしてここに……」

「お前達は無事だったか」

研究所で人質達を見張っていた部下達を見て、イルヴァが淡々と声をかけた。

中央ロビーでは、拘束された研究員達がひとかたまりで座らされている。もっと部下の人数がいれば人質を分散して一度に解放されるリスクを減らすのだが、その人数は市庁舎の方に割いており、現在は増援を求めるに求められぬ状況だ。

「例のサメが暴れ出したってのは知ってるんですが……通信が途絶えて、外に連絡を取りに行った奴も戻って来ません」

混乱が続いていた中で、ドードーをはじめとする有力な仲間がやられたという情報を耳にしたのだろうか、部下達の顔は緊張で張り詰めており、首筋には汗が滲んでいた。

「……ベルトラン達はどうした?」

「はい、停電でエレベーターまで止まったみたいで……多分、行きと同じ非常階段からこっちに上ってきてるところかと」

「そうか」

淡々とした答えだが、部下はイルヴァの顔を見て違和感を覚えた。

「あの……なんか嬉しそうですね、姐御」

「……そうかもな」

イルヴァは淡々と答えると、今後について指示を出す。

「通信が回復次第、『カリュブディス』の潜水艇を呼ぶ。あるいは、こちらからの定期通信が途絶えた時点で規定ポイントに様子見に来る筈だが、通信の時刻まではあと数時間ある。博士か資料のどちらかの存在が無ければ、我々を回収せずに海に戻るだろう。その場合は各自で船舶を使って脱出しろ」

「各自で、ですか？」

「もう我々の七割がサメにやられている。セイレーンは海辺には近付いていないが、通信機能とドローンの制御が失われた事を考えれば、島の警察組織に拘束された可能性が大きい。人質に使えるのは、もはやこの研究所にいる人間だけだ」

イルヴァはロビーの中央に集められた人質達を遠目に見ながら、言葉を続ける。

「まあ、島の中央部の一般市民が解放された後、日本政府がどう動くかは読めないがな」

「ま、待ってください！　島に仕掛けた爆薬は……」

「爆弾の無い区画に人質が誘導された。誰かが尋問に口を割ったのだろう」

「なっ……」

恐らくは狐景か、囚われたセイレーンの部隊員による情報を元に市長が指示をしたのだろうとイルヴァは推測していたが、確定していない以上、推測だけで疑心暗鬼を招くような真似はしなかった。

――組織を維持する事が目的なら、疑わしきは積極的に切るべきだろうが……。

――もう、この部隊は終わっている。

「もし個別に逃げる事になった時は他のメンバーにも警戒しろ。ここに居ない連中を見ても撃つ必要はないが、言葉を鵜呑みにはするな」

「あの、姐御はどうするんですか?」

彼女の話す雰囲気から、自分達の置かれた状況が大分不味い所に来ていると理解した傭兵がそう尋ねた。

イルヴァは一瞬足を止め、少し考えた後に答えた。

「私の人生の目的は、常に三つだけだ」

「仕事の遂行、護るべき者の守護……」

そこで言葉を止めて振り返り、明確な笑みを浮かべて見せる。

「あとは、趣味の為に生きているに過ぎない」

趣味。

それが何を意味するのかを、イルヴァの部下達は知っていた。

彼女が求める快楽は、自分に死を与えられる力を持った力に挑み——それを、正面から捩じ伏せる事だ。

去りゆく彼女の背中を見ながら、傭兵は冷や汗を滲ませつつ呟く。

「イルヴァの姐御があんな風に笑うなんてよ……前に、どっかの国のでかいマフィアに喧嘩売った時以来じゃねえか」

そして、彼はその結果を知っている。

彼女が生きている事が一つの答えではあるのだが、彼にとって重要だったのは、イルヴァに対して死の刃を向けたマフィアの末路の方だった。

「最後は、マフィアの本部に戦闘機を突っ込ませてたからな、姐御……」

マフィアの本拠地である武装した邸宅に一機の爆撃機が爆薬を詰め込んだまま突っ込み、その直後、空まで立ち上る爆煙を背景にパラシュートで降りてきたイルヴァの姿を思い出す。

ぞくりと背筋を震わせつつ、傭兵の男は自分がこの後に起こる『何か』の巻き添えにならぬ事を祈り始めた。

同時に、彼は人食い鮫を憐れむ。

仲間を喰った相手がどうなろうと知った事ではないのだが、それでも傭兵の男は、今のイルヴァの相手をするサメの事を憐れんだのだ。

彼は知らない。

そのサメもまた、今はイルヴァに並び立つ驚異の存在へとなりつつあると。

♪

人工島『龍宮』港湾部

「くそ！　畜生……あの化け物め……！」

イルヴァの部下である傭兵の一人が、資材解体用の巨大なチェーンソーを持ちながら叫んだ。

銃器の類は既に相手の攻撃により失われている。

追い詰められたその傭兵は、絶縁体のゴム底ブーツとゴム手袋を装備しつつ物陰から様子を窺う。

彼が立っているのは、木箱が大量に積み上げられた桟橋の物陰だ。

既に激しい戦闘が行われた後のようで、崩れた木箱や、ドアが拉げた鉄製のコンテナがいくつか海の中に転げ落ちている。

結果として多くの物陰が生まれて身を隠す事ができているが、相手が見えないのはこちらも一緒だ。

しかも、敵――巨大なサメは、狭い所に入れない代わりに水中を自在に泳ぐ事ができる。

更に言うならば、口内に仲間の死体を取り込んで、その死体を操って銃を撃つなどという訳の分からない真似までしてくるのだ。

もはやサメなどではない、純然たる怪物である。

相手がデンキウナギのように発電できるという情報も聞いていたので、気休めでゴム底ブーツとゴム手袋を付けているが、露出した顔面などに海水を掛けられればその時点でおしまいだ。

——だが……さっきから奴は、感電させようとはしてこねえ。

——恐らく、新しく手に入れた銃の扱いに慣れようとしてやがる。

新しい力を手に入れた事により、そちらに傾注しているのだと思われた。

ならば、今が最大の好機である。

逃げるタイミングは逃しており、自分の武器は現場で拾ったチェーンソーのみだ。

相手は銃と手榴弾を使うサメという怪物であり、装甲車に拳銃で挑むような心許なさを感じるが、そうも言っていられない。

島の内部へ逃げようとした仲間は背中から撃たれ、船に乗ろうとした仲間は船ごと手榴弾で沈められた。

大人しく去るのを待つという手もあるが、相手は海中に潜っており、去ったのかどうか確認する術が無い。

あるいは全てが終わり、警察がここに来るまで隠れ潜むという選択肢もあったが、それを待てるほどに殊勝でも憶病でも慎重でもなかった。

そもそも攻撃性の高い性格をしていたその傭兵は、仲間の仇討ちというよりも、自分をこのような状況に追い込んだ怪物への憎しみを原動力として筋肉に血を巡らせている。

そして、機会を窺うべく一歩木箱の陰から出た瞬間——


目の前に、巨大なサメの顎が現れた。

「合いたかったぜ、化け物！」

傭兵の男も闇雲に隠れていたわけではない。

彼は木箱やコンテナの位置などを事前に把握しており、相手が自分の位置を把握していて楽に殺せる行動を取るだろうと予測していた。

つまりは、相手の能力が優れていると確信した上で、次にサメが顔を出す場所を予測していたのである。

まさにその推測が当たった事を喜ぶ暇もなく、サメが口内に捉えた傭兵の死体に持たせた銃の引き鉄を絞るよりも一瞬早く——

高速回転するチェーンソーの刃が、サメの口内にいる仲間の死体の腕を切り落とした。

栈橋の上に転がる大型銃器。

それを好機だとばかりに摑み取り、あまりの重さに身体がふらつくのも構わず、水面に向かって乱射した。

「うおぉぁあ！　死ね！　死ねぇ！　くたばりやがれ！」

血が飛び散り、水面がみるみる内に赤く染まり始める。

反動の凄まじさで足がすべりかけ、ぶつかったチェーンソーが水中に落ちてしまったがそんな事も気にせず、ただただサメの現れたあたりの水面を撃ち続けた。

「……ああ、くそ。いまやっと気付いたが、このミニガンを握ってたって事は……あの口の中にいたの、ドードーだったのか？」

これまでに何度も傭兵の仲間達から銃撃や手榴弾による爆撃を受け続けてきたのだろう。

ほぼ顔面から肉がそげ落ちて髑髏（どくろ）と化していたドードーらしき死体の姿を思い出しながら、傭兵の男は呼吸を整えて次の動きを待ち続けた。

刺し違えてでもあの怪物を殺すと、心に闘志を漲（みなぎ）らせながら。


♪

水中

まだ勝てない。

決して軽くはないダメージを受けながら、カナデは水中をゆっくりと漂う。

今しがたの銃弾で負った傷は、既に血が止まり、抉られた部分の肉が埋まり始めている。

それだけでも十二分に怪物じみていたのだが、カナデはそんな自分の状況に満足せず、己が完全なる捕食者の側であるとさえ考えてはいなかった。

まだ、この身体では、この経験だけでは危険だ。

あの、自分の下顎を吹き飛ばした個体は、今の自分でもまだ『獲物』と認識できない。

カナデはこの半日で大量の経験を積み上げたが、それでもなお、昨日自分を生死の境に追い込んだ存在には届かないと判断していた。

あるいは、経験を積んだからこそ、そう考えたのかもしれない。

何人もの傭兵を屠り喰らってきたカナデだからこそ、その経験の重積から、あの個体がどれだけ特異な存在であったのかを正確に把握する事ができたのだ。


あの場所に、ほぼ確実にあの個体はやってくるだろう。

この『敵』の集団の目的は、『シズクオネエチャン』を捕らえ、害する事なのだから。

確実に姉を救うか、あるいは敵を排除する手立てが必要だ。

その足りぬピースを埋めるべく、沈めた船から新たな『武装』を補充すべく港湾部に戻ったところで、『敵』の一部から攻撃を受け、現在に到る。

ただの鉄の塊を振り回していると判断したせいで一瞬行動が遅れ、結果として非常に強力な武器であったミニガンを失った。

もちろん武器名まで知っていたわけではないが、昔『シズクオネエチャン』に見せられた映像の中で、相対した者を薙ぎ払っていた記憶がある。そのような強力な武装を、まんまと奪い返されてしまったのである。

同時に、自分の身体の一部と、取り込んでいた死体の腕を切断した道具の事を『学習』する。

彼は、カナデはハッキリと見ていたのだ。

男がどのように身体の一部を扱い、その道具を稼動させるのかを。

口内に取り込んでいた死体の腕は既に失われている。

これまでのカナデならば、代わりの死体が必要だと判断するところだ。

しかし、もはやその必要は無い。

異常な再生能力と肉体構築能力。

舌を形成した時と同じように、カナデの肉体が、環境に合わせて『必要な部位』を造り上げて行く。

今しがたの銃撃でほぼ肉片と化した傭兵の屍肉(しにく)を喰らいつつ、その骨格を、己がこれから生み出す器官の『支柱』として利用し始めた。

舌のような器官が骨に巻き付き、絡まりながら成長していく。

新しい死体などもはや不要だとばかりに、カナデは己の下顎に自らの分身を形作ろうとしていた。

もっとも、その分身はサメの形などはしておらず——


♪

桟橋上

「やったか……?」

警戒は怠らず、水面の様子を窺う傭兵の男。

「無線を……クソ、耳が……」

耳栓も無い状態でミニガンを連射したせいだろう、聴覚が一時的に失われている。

故(ゆえ)に、彼は気付けなかった。

水中から、つい先刻まで自分が鳴らしていたエンジン音が響いているという事実に。

一歩水から離れようとした傭兵の足元を、何かが通り過ぎる。

「がっ……!?」

衝撃に次いで、唐突な浮遊感。

桟橋の上に転がりながら激しい熱さと傷みが襲い来るのを引き替えとして、自分が何を失ったのか気付く。

「あ、あぁ……足……俺の足ぃ……」

奇しくもそれは、『ヴォイドの子』に最初に襲われたゾルフと同じ状況だった。

ゾルフも最初に『ヴォイドの子』に足を奪われ、その後に身体を貪られたのだから。

だが、ゾルフとは違い、この傭兵の男は、『足を返せ』とは叫ばなかった。

叫ぶ事すらできなかった。

目の前の水面から浮かび上がった、あまりにも異様な怪物の姿に気圧され、悲鳴を上げる事すらできなくなってしまったのである。


それは——赤と白の入り交じった人型をしていた。

触腕のような舌が、その色合いのままに人間の形に変じた異質な姿。

ドードーの死体がそのまま溶かされ、肉の一部になったかのような錯覚を覚える。

骨格は使われているのでそれも一部間違いではないのだが——

そんな事実を知らない傭兵の男は、目の前にサメとは違う映画の怪物が現れたと信じ切ってしまった。

「ああ、なんだ」

その、サメの下顎から生えた人型の怪物は、先刻海に落ちたチェーンソーを握り締めており、そのエンジンを器用に稼動させていたのだから。

「やっぱ、これ、全部夢……」

ヘラリと笑った傭兵の頭を、怪物の振り下ろしたチェーンソーが縦一文字に切り裂いた。


♪


その様子をドローンのカメラ越しに確認していた市長は、余裕の笑みを浮かべてはいるが、流石に片眉を顰めながら呟いた。

「見た目に偏見を持つ事は良くないが……」

「あれを市民が君の家族だと信じるには、少しばかり時間と勇気がいるだろうね……雫」

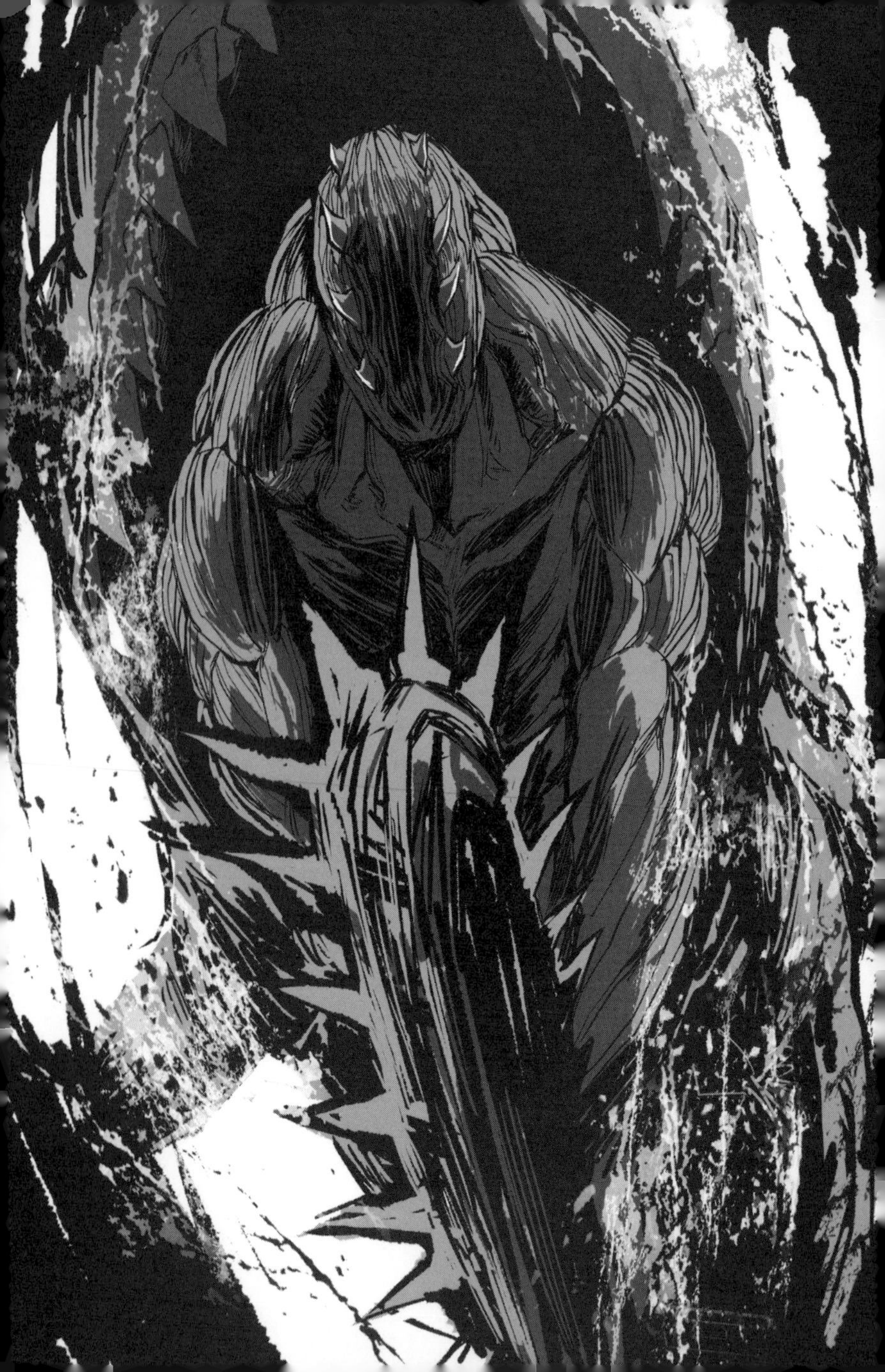

♪

水中

水中に転がり落ちてきたミニガンを人型となった『下顎』の右手が拾い上げ、左手に持ったチェーンソーと合わせて切断と銃撃の完全武装となったカナデ。

自分が周囲に泳いでいる個体とも、陸上にいる無数の個体とも全く異なる存在となりつつあると自覚しつつも、彼に変異を止めるという選択肢は存在しなかった。

カナデは、考える。

敵を害する材料は、揃えられるだけ揃えた。

これでもまだ、あの自分を殺しかけた個体には届かないかもしれない。

だが、勝てる可能性は上がった筈だ。

それが希望的観測であろうと——やらなければ、『シズクオネエチャン』を失うだけだという事も理解している。

自分の生命と『オネエチャン』、どちらが大事なのか？

カナデはまだ、それに対する答えは持たない。

だが、行かなければならないという不思議な感覚が全身を駆け巡っている。
それが本能によるものなのか、あるいは感情と呼ばれるものであるのか。
答えを知らぬまま、カナデは海中を泳ぎ始める。

始まりの場所であり、自分にとっての日常が終わった場所でもある——研究所へと向かって。

第18歯

数ヶ月前　研究所機密区画

「カナデ……君がこちらの言葉をある程度理解していると仮定して、一つ伝えておく事がある」

周囲に同僚の姿がおらず、研究対象である『カナデ』と『二人きり』になった事を確認した雫は、ふと、そんな言葉を口にした。

音声は特殊な機器で水中にも伝わるようになっているが、カナデの聴力ならば水槽越しでも問題なく聞こえていると雫は把握している。

それでも敢えて音響増幅装置を使って水中に音を通したというのは、カナデに対して確実に聞いておいて欲しかったからだ。

カナデの目が、ジロリと雫に向けられる。

感情の読めない、魚類独特の目。

その目を愛おしげに見つめ返しながら、雫は覚悟を決めたように口を開いた。

「君の母体……母親……血のつながりという意味合いでは恐らく唯一の家族だった『ヴォイド』という個体について、説明しておきたい」

　ゆっくりと、それでいて、重々しい声で雫は続ける。

「説明というのは正確じゃあない、か。告白……懺悔……いや、私がただ勝手に楽になりたいから一方的に伝える卑怯な言い訳だ」

　水槽の中を漂う巨大な被験体は、何も反応を見せる事なく、じっと雫を見つめていた。

　雫は深い呼吸を数度繰り返した後、その虚無を感じさせる漆黒の瞳の奥へと声を届ける。


「君の母親を殺したのは、私だ」


　暫しの沈黙の後、雫は静かに続けた。

「それについては、私は何も後悔していない。私の事を君に全て語る。……私が、どうやって君の家族を殺したのかを。カナデがそれを理解する知性を今は持ち合わせていなくとも構わない。私は何度でも語るし、君がこの話を覚えていてくれて、後から理解するかたちでもいい」

　雫は静かに苦笑し、泣きそうな目を水槽の奥の被験体へと向ける。

「君が許せないなら、私を殺せ。ただの肉として喰らおうが、喰らう価値すらないゴミだと死体を引き裂こうが構わない。ただ、一つだけ……伝えておきたいんだ」

　あるいは、雫はこの時点で理解していたのだろう。

　ここまで巨大に育った個体、しかも通常のサメとは明らかに異なる特異な知性を持ち合わせていると思しき存在を、いつまでも隠し通してはおけないという事に。
いずれ、この個体の収容について重要な変化が起こる時が訪れるであろうという事まで。
「私は、君を家族として愛している。愛し続ける」

「たとえ、君が私を噛み砕いても」

実際のところ――人間に近い知性を得ていたカナデが、この時点でどこまで雫の言葉の意味を理解していたのかは分からない。
ただ、雫と名乗る個体が、己を指し示した『オネエチャン』という単語を一度も使わなかった事から、どこか特別なものを感じ取り、その日の『オネエチャン』、即ち『ベニヤグラ　シズク』の言葉はカナデの脳髄に長く記憶される事となる。

それこそ――彼女の言葉の意味を理解した後であろうとも。

♪

現在　研究所　海洋直結区画

「姐御！　まさか、わざわざここに来るたぁ……いや、まあ、姐御なら当然か」

通路や配管が派手に壊れている海洋直結区画で立ち往生していたベルトラン達だったが――その前に現れたのは、上官であるイルヴァだった。

「……無事のようだな」

ベルトランではなく、その背後にいる雫やラウラの方を見ながらそう呟くイルヴァ。

「ヘイヘイ、当たり前でしょ？　俺もまだ姐御にはぶっ殺されたくないんでね」

「……随分と、私達を大事に扱ってくれるものだね」

敵意に満ちた目で見つめながら雫が言うと、イルヴァはその視線を受け流しながら背後にいるウィルソン山田――ヴォジャノーイに問う。

「正体を明かしたのか」

「ええ、もう隠しておく必要もなくなりましたので」

左手に研究資料の入ったスーツケースを握ったまま肩を竦めるヴォジャノーイに、イルヴァが淡々と言った。

「もうすぐ潜水艇が二艇この島に来る。紅矢倉博士とあなたはそのうちの一艇に乗れ。もう一人の研究員はこちらと一緒に別の潜水艇に乗せる」

「えっ……」

不安げな声を上げるラウラ。

ヴォジャノーイはふむ、と顎に手を当てながら答える。

「なるほどなるほど、お互いの姿が見えない方が下手な真似はできない……と。個人的には目の前で銃を突き付ける方が効果的だと考えるタイプなのですが、まあ、それもアリでしょうね」

そんな会話を続けているが、イルヴァとベルトラン一行の間には破壊された通路によって大きな溝が生まれている。

「なるほど。博士達では簡単に渡れない、か」

「こんなぶっ壊れた道を飛び越えられるのは姐御ぐらいっすよ」

苦笑するベルトランは、そう言うとまずはラウラに向かって言った。

「ほれ、まずはお嬢ちゃんだ。下手な真似したら、大事な大事な雫先輩と二度と会えなくなっちまうぞ?」

「うう……ゲス野郎……」

涙目になりながら小声で呟くラウラに、ベルトランはケラケラと笑う。

「そいつは、俺にとっちゃ褒め言葉だぜ」

ラウラはベルトランを睨みながら、おっかなびっくりといった調子で配管から崩れかけの通路へと足を掛けた。

冷や汗をかきつつ、人の足がようやく乗るといった崩れかけの通路を横歩きで進んでいくラウラ。

唾を飲み込みながら下を向くと、海と直結した水面は暗い影に満ちており、まるで大口を開けた怪物のように見えた。

更に不気味な事に、水面にはダイオウイカらしき巨大な死骸が浮かんでいる。

刻まれた巨大なサメの歯形らしき欠損から、その巨大イカが絶命しているというのは一目で理解できた。

「ヒっ……」

小さな悲鳴を上げながら、ラウラは渡りきろうとする。

だが、安定した広さの部分に辿り着くまであと一歩という所で足を滑らせた。

「きゃっ……」

そのまま水面に倒れそうになり、雫も息を呑むが――

「……」

その腕を、イルヴァが力強く掴み取って己の方に抱き寄せる。

「あ、ありがとう……。……ご、ございます？」

戸惑いながら襲撃者のリーダーに礼を言ったラウラは、そのまま呼吸を整えながら、怯えるようにイルヴァから一歩身を離した。

「気にするな」

淡々と言うイルヴァ。

雫はラウラが助かったのを見てホッと息を吐くと、苦笑しながらベルトランに言った。

「向こうにいるお嬢さんが、あなたよりずっとまともそうで良かった」

「姐御がまとも？　そいつぁメガネが曇り過ぎだぜ。唾つけて拭いときな」

「……ああ、恐らくはそうなんだろうね」

雫は複雑な表情で、イルヴァを改めて観察する。

「あれが、カナデを一度殺しかけた女か」

「……カナデ？」

その呟きが聞こえたのか、溝の反対側から訝しげに問うイルヴァ。

「ああ、例のサメの名前だそうですよ？　この博士、ヴォイドに喰われた自分の弟の名前をサメにつけてるとんだマッドサイエンティストだ」

「……そうか」

イルヴァは少し考えた後、雫に向かって口を開いた。

「私はこれから、カナデを殺すつもりだ」

「……っ！」

雫が殺気を孕んだ目でイルヴァを凝視する。

「それについて言い訳も謝罪もするつもりはない。こちらも仲間を喰われているからな」

「……そうだね、理屈は解る。感情は別だが」

今にも自分がサメと化して喰らい付きそうな目をイルヴァに向けながら言う雫。

カナデの育ての親と、カナデを一度殺しかけた死神が壊れた通路の上で睨み合う。

永遠と錯覚するような数秒間を経た後、その空気を破るようにヴォジャノーイが声を上げた。

「で、どうしますか？　予定では、この海洋直結区画に回収班の潜水艇が来るのでしょう？」

「少しは空気に浸らせてやれよ」

ベルトランが呆れたように言うが、彼自身も気になったのか、イルヴァへと問い掛ける。

「まあ、実際こんな状況だ。予定を繰り上げて回収時間を早めてくれるかね？」

「ああ、部隊の八割は壊滅したからな」

「はちわっ……」

頬を引きつらせるベルトランを余所に、イルヴァは淡々と言葉を紡ぐ。

「通信網も掌握された状態だ。回収班も警戒しているだろうから、ここに来るのを待つより、

「外周部で閃光弾の合図を送る方が確実だろう」

そこまで言ったところで、イルヴァが苦笑した。

「?・」

何故苦笑したのか解らないと言ったように、周囲の者達が首を傾げる。

だが、長い付き合いのベルトランは気が付いた。

イルヴァがその笑みを浮かべる時は、決まって部隊にのっぴきならない危機が迫った時だと。

ベルトランには解らぬ感覚だったが、彼女が言うには、『周囲を死の虹が取り囲む感覚』。

つまりは——ここが、既に死地である事を示しているのだと。

「もっとも、『奴』がうろついている内は、近付く事すらできないだろうがな」

「……」

誰もが、イルヴァの視線を追った。

そして、『それ』を見つける。

見つけてしまう。


いったい、いつからそこに居たのだろうか。

海洋直結区画の片隅にて、サメの背びれがまるで置物のように停止している。

正確にはゆっくりと移動しているのだが、まるで波間を漂う流木のように気配を完全に消し去っていた。

海の狩人(かりゅうど)として生来備わっていたのか、あるいはこの1日の間の戦いにより研鑽された技術なのかは分からないが、まるで闇に身を潜めた暗殺者の如き空気を放っている。一方で、なんの予兆もないのにその存在に気付いたイルヴァの異様さもまた浮き彫りとなる。


だが、本当に異様だったのは――その後に海中から現れたモノだった。


イルヴァ達が己の存在に気付いた事を感じ取ったのだろう。

まずはサメの身体の上部がヒレに続いて姿を現し、ベルトランの部下達が銃を構えた。

当のベルトラン本人は、他の者達から一歩下がっている。

恐らくは感電を警戒しているのだろうが――

もはや、『カナデ』の進化はそんな段階を通り越していた。


銃声が響く。

「カナデ！」

てっきりカナデが発砲されたと思った雫が声を上げるが――

「ぐ……が……」

うめき声を上げたのは、雫の横に立っていたベルトランの部下の一人だ。

防弾ベストの胸元を押さえながら、ゆっくりと前のめりに倒れ、そのまま水中へと落下する。

いったい何が起こったのか。

その状況を正確に確認できたのは、イルヴァただ一人だった。

「ほう……」

さしものイルヴァも、驚きに目を見開く。

情報が飛び交っていたとはいえ、水中からサメが発砲してくるなど、常識の遙か埒外の出来事だったからだ。

そして——『それ』が姿を現す。


「なん……だ？　ありゃ」

ベルトランが眉を顰め、ヴォジャノーイが興味深げに観察する。

サメの上顎に続いて現れたのは、手のような『何か』。

最初は、誰かが既にサメの餌食となって咥えられているのかとベルトランは考えた。

だが、それが錯覚であると気付く。

「……部下どものわけわかんねえ報告、ありゃ全部マジだったってのか？」

ベルトランは、『仲間の死体を咥えて銃を撃たせている』などという妄言としか思えぬ無線機越しの喚きを思い出した。

しかし、それをすぐに否定する。

「いや……、それよりタチが悪ぃんじゃねえ……か？」

巨大なサメは海洋直結区画の中を泳ぎ、ベルトラン達の対岸にある配管だらけの壁に近付き、水中から現れた手のようなものがその配管の一つを鷲掴みにした。

そして——その腕の力で身体を引き上げるかのように、その上半身を水面へと持ち上げる。

「なっ……」

「……これは……素晴らしい」

青ざめるラウラに、うすら笑いを消して素で感嘆の言葉を漏らすヴォジャノーイ。

ヴォイドの子であるカナデの姿は、もはや通常のサメとは全く違う生物へと変化していた。

サメとしての巨大さも異様ながら、問題はその口内から突出している『器官』である。

赤と白が入り交じり、何本もの骨か角のようなものが突出している人型の肉塊。

人間として観るならば身の丈2mはあろうかという体格であり、不釣り合いなほどに巨大な手が特徴的な、地獄から這いだしてきた魔物が蠢いているかのような存在だ。

それが『器官』であると即座に認識したのは、雫とヴォジャノーイのみ。

ラウラはそれこそ消化されかけた人間が吐き出されてもがいているのだと錯覚した。

ベルトランとその部下達にいたっては、ただ純粋に『化け物』と認識し、まるで悪夢を見たかのような表情をしている。

だが、イルヴァと雫はそれぞれ特異な反応を見せた。

「随分と、めかし込んだな」

イルヴァは虹色の輝きを常に滲ませている怪物を見つめながら、静かに笑う。

「カナデ……！」

一方で——雫は異形と化した下顎など些末な事だと言わんばかりに、ただ純粋にその名を口にした。

ここに来てくれたという喜びが、一瞬顔に滲みかける。

だが、雫はその全てを喉の奥に呑み込みつつ叫んだ。

「来るな！」

「おや」

ヴォジャノーイが少し意外そうに言うが、雫はそんな背広姿の男を指差しながら叫び続けた。

「こいつらは……こいつは、あなたを道具として利用する気だ！」

ベルトランやイルヴァもいる中で、敢えてヴォジャノーイを指し示す雫。

「カナデはもう自由だ！　自由なんだ！　苦労してまでこんな奴らを相手する必要なんかない！　ましてや、私のことなど――」

そこで、雫の腕がヴォジャノーイに摑まれた。

「ぐっ……」

ヴォジャノーイのひょろりとした雰囲気からは想像つかぬほどに強い握力を感じ、雫が小さく呻く。

今回の襲撃の黒幕である男は、うすら笑いを浮かべながら、淡々と言う。

「そう、あのサメの……『カナデ』君の自由ですよ。何を喰らおうとも……あるいは、何に執着しようともね」

「……！」

そうしている間、カナデはこちらを攻撃する事はなかった。

ヴォジャノーイと雫の様子を観察しつつ、ベルトランの部下が銃を向けた様子もじっと見ていたが――やがて、配管の方が重量に耐えられなくなった事で折れてしまい、千切れたパイプを握り締めたまま水中へと身を沈める。

ベルトラン達が下手に手を出さなかったのは、人型の肉塊の片腕に、ドードーの物と思しきミニガンがぶら下げられているのを確認したからだ。

その様子を見て、ヴォジャノーイは肩を竦める。

「ただ、あなたを助けに来たと思うのは、都合良く解釈し過ぎかもしれませんよ？　散々実験を行い、狭い水槽に縛り付けてきたあなたを恨んでいるのかもしれない」

「……そうかもしれないね。だが、それも含めてカナデの自由だよ」

「あなたを突き落として確認する……という実験をするわけにもいきませんが」

紅矢倉博士をサメに喰わせるわけにも、あるいはそのままサメが咥えて海中から外に救出してしまうという流れにするわけにもいかぬと、ヴォジャノーイはただ淡々と言葉だけを投げかける。

「どの道、今はあなたを殺す気はないようだ」

その言葉と同時に、水面が激しく弾け、何かが射出される。

水面から飛び出したサメの下顎、すなわち人型の肉塊が、槍投げの要領で折れた配管をイルヴァに向かって投げ放ったのだ。

千切れた断面が鋭いトゲのようになり、人間一人を軽々と絶命せしめる鉾(ほこ)となって大気中を突き進む。

風切り音が、広い空間の中に鋭く響いた。

「……ハッ」

楽しげに笑いながら、イルヴァはその風切り音を纏う配管を紙一重で躱し――

尚かつ、顔面スレスレを通過しかけたところを、自らの手で摑み止める。

尋常ならざる動体視力と反射神経、そして純粋なる膂力。

雫は思わず目を見張り、傍にいたラウラも小さく悲鳴を上げながら息を呑んだ。

「お前の話は退屈らしいな、ヴォジャノーイ」

イルヴァの言葉に、ヴォジャノーイが苦笑する。

「では、イルヴァさんがお相手してあげてください」

「当然だ」

同時に――イルヴァが凶悪な笑みを浮かべながら、受け止めた配管を水中へと投げ放った。

弾丸のような勢いで水中に消える配管。

水面が激しく揺れ、次いで、赤い血と肉片の欠片が水面にわずかに浮かんだ。

「カナデ！」

水に飛び込もうという勢いで駆け出そうとする雫を、ベルトランの部下達が二人がかりで押さえ込む。

「姐御、ここは頼んだぜ。俺達はホールの連中と合流する」

まだ数人の仲間が研究所の上層部で所員達を見張っている筈だ。

「おら、速く進め！　あの嬢ちゃんを狙われたかねえだろ？」

「くっ……」

ラウラを顎で示され、雫は悔しげに俯くと、ゆっくりと細い道の上を歩き始めた。

彼女は今、ここで飛び込めばカナデが真に自由になるのではないかとも一瞬考えた。

自分を救ってくれるなどという高望みはしない。

食欲の本能か、あるいは自分への恨みで喰い殺しにこようと構わないとすら思った。

だが、その自殺願望にも近いエゴにラウラを巻き込むわけにはいかないと、静かに呼吸を整えながら通路の反対側へと飛び移る。

イルヴァと呼ばれていた女性が、目の前に迫った。

カナデを傷つけようとする憎き敵。

だが、雫は彼女を傍で見て背中に怖気を走らせた。

——この女……。

——生物として、人の領域を超えている……？

ヴォイドと戦った時の自分など比べるべくもなかった。

もしも、あの戦いの時に彼女が味方だったならば、犠牲など出さぬままヴォイドを仕留める事ができていたかもしれない。

彼女は、そう思えるほどの威圧感を纏う存在だった。

——だめだ、カナデ。

——逃げてくれ。

そう叫ぼうとした時、背後に続いて降り立ったベルトランに押されてラウラの方へと歩かされる。

逆に、ベルトランはイルヴァの傍に立った事で落ち着きを取り戻していた。

ヴォジャノーイと部下達が来たところで更に進み、カナデの影響がない通路奥のドアにまで達すると、イルヴァに向かって恭しく一礼する。

「そんじゃあ姐御。どうぞ、ごゆっくり」

「ああ、お前も自分の仕事をしろ」

そちらにイルヴァが一瞬目を向けた瞬間——

水面が盛り上がり、カナデが胴体を跳び上がらせる。

その腕に握られたミニガンが火を噴き、鉛弾の雨がイルヴァへと襲いかかった。

一発かするだけで肉と意識が削ぎ落とされるであろう威力の弾丸の波を潜り抜けながら、イルヴァは相手の動きを観察する。

1日前に戦った時と同じ生物とは思えなかった。

「昨日は、すまなかった」

まるで言葉が通じているかのように、銃声の合間を縫って告げるイルヴァ。

「お前を……殺しきってやる事ができなかった。改めて謝罪しよう」

腰から愛用のサブマシンガンを取り出し、人型の異形と化したカナデの下顎へ銃口を向けた。

「苦しみを長引かせた事と……」

イルヴァの跳躍と同時にサブマシンガンの乾いた銃声が響き渡り——

「二度も、お前に敗北を与える事を」

今ここに、怪物同士の再戦の火蓋が切って落とされた。


♪

研究所　海上部通路

多くの人質が囚われている区画に向かって歩かされる雫とラウラ。

ベルトランの部下は先刻のカナデの襲撃によって減り、現在は三人となっている。

向かう先にも仲間達がいると分かっているからか、ベルトラン達の表情や歩みからは余裕すら感じられた。

それはヴォジャノーイも同じなのだが、彼は先刻までいた空間で繰り広げられているイルヴァとカナデの戦いに興味があるらしく、銃声を聞いてはそちらの方角を振り返っている。

それを見て、呆れたようにベルトランが言った。

「おいおい、あんたが気になるのは分かるが、戻ったりすんなよ？　スイッチが入っちまった姐御は、アンタを巻き込む事なんざなんとも思わないぜ？」

「ええ、分かっていますよ」

彼の言葉を聞いた雫が殺意の籠もった目で睨み付けるが、動じた様子もなくその視線を受け止める。

「しかし、道具として利用、ですか」

先刻言われた事を思い返し、ヴォジャノーイは酷薄な笑みを浮かべながら雫に言った。

「それは、あなた自身にも言えるのでは？」

「……」

「カナデ、かなで、奏……。『ヴォイド』の犠牲となった弟、つまりは家族の代替品としてあのサメを利用していたのでしょう？　ヴォイドが喰らった血肉が……いえ、観念的な物言いをすれば、魂までもが、胎(はら)の子に受け継がれたと！」

テンション高く両手を広げながら言う男に、雫は苦笑しながら首を振る。

「そこまで楽観的じゃない。私も一応は科学者の端く……」

「そう！　ありえない！」

雫の言葉を途中で打ち切るかたちで、ヴォジャノーイが叫んだ。

「ああ、魂の有無などという事を語り合うつもりはありません。幻想的な物言いで返すならば、あの巨大鮫は、『ヴォイド』は正しくその名が示す通り果てなき虚無（きょむ）！　喰らった人々の魂も全て無に帰す存在です！」

両手を広げつつ、まるで海中に身を潜めているカナデに言い聞かせるかのような勢いで、海洋直結区画の広い空間にその声を響かせる。

「虚無（きょむ）が生み出したものは三つだけです。我々『カリュブディス』の抱く期待！　世界の人々に与えた恐怖！　そして、次代に連なる新たなる虚無（きょむ）……つまりは、カナデ君です」

朗々と謳（うた）い上げるように語ったヴォジャノーイを見て、ベルトランは呆れたように首を振り、横に並びながら言った。

「おいおい、随分とあの化け物を買ってるみてえだが、イルヴァの姐御が負けるとか思ってんじゃねえだろうな？」

「いえいえ、そんな事はありませんよ。私も穏便にこの島を去りたいものですから、応援していますとも」

「どうだか……」

今一つ信用できぬという視線でヴォジャノーイを見た後、中央へ続く扉へと歩を進める。

その隙を見て、ラウラが雫に声を掛けた。

「あの……大丈夫ですか？　紅矢倉先輩」

「ん……ああ、心配を掛けたね。あと、今さらだが、君を巻き込んでしまってすまない」

「いいんですよう！　お互い様です！」

「何がお互い様なんだか」

日本語にまだ完全には慣れていないのだろうと判断した雫は、苦笑を溢しながら半分独り言のようにラウラに囁いた。

「他にも、あるさ」

「え？」

「人食い鮫『ヴォイド』……あの虚無は私から多くのものを奪ったけれど、生み出してくれたものもいくつかある」

「……」

歩きながら、黙って続きを聞こうとするラウラ。

次の部屋――多くの研究員が人質になっているという中央ロビーが近くなり、ベルトランの部下の一人が先行して扉を開けようとしていた。

その後ろを歩きながら、雫は過去を懐かしむように言葉を続ける。

「まずは、復讐心。……まあ、私が絶望の淵で自殺しなかった理由だね。あとは、死んだ後になるが……私がこの研究所という居場所を得たのは、『ヴォイド』の遺体のおかげといってもいいだろうね。そして、何よりも……カナデをこの世界に生み出した」

自分に言い聞かせるような口調で、半分俯きながら言葉を続けた
「カナデは、新しい虚無なんかじゃない。私にとっての生きる意味、希望そのものだ」

彼女がそう言うのとほぼ同時に、中央ロビーへの扉が開かれ――

「は？」

扉を開けた当人である、ベルトランの部下の一人が間の抜けた声を上げる。

「？　おい、どうした？」

ベルトランが言って雫達の背後から扉の奥を覗き込み、自らも眉を顰めた。

「おい、待て……待て待て待て。なんで、誰もいねえ？」

そのロビー内はもぬけの空となっており、十人以上いた人質達の姿がどこにも見当たらない。

警戒しながらロビーの中の様子を窺うベルトラン。

「姐御は何も言ってなかったよな？　移動させる理由がねえぞ……。おい、二人残ってヴォジャノーイの旦那と一緒にこいつらを見張れ！」

そう言って、ベルトランは残る一人の部下を連れてロビーの内部へと進んでいった。

「……ふむ」

ヴォジャノーイは現状を取り巻く空気の中に何かを感じたらしく、笑みを消しながら雫達から一歩離れる。

「どうした？　お仲間に見捨てられたのか？」

「黙ってろ」

雫の皮肉に対して脅しつけるような言葉を放つ傭兵だったが――

「ぐっ……!?」

突然うめき声を上げ、銃を構えながら背後を振り返ったかと思うと、その目がグルリと白眼を向き、そのまま床に崩れ落ちた。

「!?」

慌てて銃を構えるもう一人の傭兵。

その背後で景色そのものがわずかに揺らめき、傭兵の首筋に何かが突き立てられた。

「がっ!?」

背後から攻撃されたと気付き、傭兵は行動を起こそうとする。

だが、既に手遅れだった。

首筋に打たれた強力な鎮静剤の効果により、即座に力と意識が身体から抜け落ちていく。

その様子を見ていたヴォジャノーイは、懐から拳銃を抜くよりも先に跳躍し、通路の途中にある別室へとその身を滑り込ませていた。

何事かと混乱する雫とラウラの腕を、何者かが掴む。

「!?」

「ひゃぁっ!?」

「落ち着け、私だ」

「えっ……その声……!」

驚くラウラ達の前で、声の主は特殊な光学迷彩のマントを解除した。

透明に見えていた場所から現れたクワメナ・ジャメは、雫達に対してニヤリと笑う。

「酷いじゃないか、雫」

先刻までの雫の言葉を聞いていたのだろう。

通路に潜んで隙を窺っていたと思しきジャメは、雫に対して抗議の言葉を口にした。

「あの『ヴォイド』が君に与えた物の中に、我々の友情は含まれていないのか?」

その言葉に、雫はクツクツと笑って首を横に振る。

「悪かったよ」

「正直、カナデで頭がいっぱいだった」

♪

研究所　研究室

「クワメナ・ジャメ……元傭兵でありながら数々の実績を残す科学者。紅矢倉博士と共に、『ヴォイド』の討伐に一役買った存在……と」

数ある研究室の中の一つに逃げ込んだヴォジャノーイは、拳銃を握りながら冷静に状況を分析していた。

「これは困りましたね、私ではとても勝てそうにない」

カリュブディスの一員であり、現場にも出向く事が多い性質上ヴォジャノーイも荒事の覚えは多少持ち合わせている。

それ故に、自分の力が通じる相手と通じぬ相手の区別もつける事ができた。

あの男は、事前に研究所の情報を見た時点で要警戒の存在であると踏んでいたのだが、それでもイルヴァ達の方が総合力で上だと計算していたのである。

だが、カナデによって傭兵集団が大きなダメージを受けた上に、イルヴァもその相手にかかり切りになっている現状であの博士と潰し合うのは非常に危険だ。

「これを撃てば、ベルトランさん達は異常に気付いて引き返してくると思いますが……」

恐らく、既にジャメはロビーにいた人質達を解放しており、倒した傭兵達から銃も回収しているだろう。

先刻撃たなかったのは、無音での襲撃を優先したに過ぎない。

——もしも私が拳銃を向けていたら、容赦無くこちらを撃っていたでしょうね。

あとは、雫とラウラを今自分がいるこの研究室に押し込め、戻って来たベルトラン達を始末すれば終わりだ。

「ふーむ、これは困りました。デジタル化した研究資料は私が回収していますが」

胸の内ポケットにあるUSBメモリに機密区画のデジタルデータの多くは収めているし、有機的な細胞なども重要なものはスーツケースにしまってある。

だが、ここまでの状況で最も重要なのは、やはり紅矢倉雫博士の身柄であると考えていた。

万が一イルヴァがあのサメに敗れた場合、真に彼女が『人質』として機能する。

ヴォジャノーイはここまでのカナデの反応などから、そう確信していた。

だが、このままでは奪還するのは不可能である。

——ふむ。

——最悪、このスーツケースだけ持って逃げるという事もできますが、島から逃げる為のルートに入るまでの陽動が必要ですねえ。

ヴォジャノーイは苦笑しながら溜息を吐くと——懐から、一つのスイッチのようなものを取り出した。

「それでは、プランBというやつで行くとしましょうか」

「本来は、脱出後の証拠隠滅として使う予定だったんですがねぇ」


♪

通路

「残りの傭兵が来たら私が引き受けるが……あの部屋に逃げたスーツの男はなんだ?」

「敵だよ、傭兵どもの雇い主さ」

ジャメの問いに、吐き捨てるように答えた雫。

彼女の言葉を聞きながら、ジャメは雫達をバンダナの傭兵達が向かったロビーではなく、裏の搬入口の方に向かって導いていた。

異変に気付いた傭兵達が後ろから迫る前に、彼女達を安全な場所まで逃がす必要がある。

「海洋直結区画の方から響いてる銃声は?」

「……カナデだよ。やたら強そうな女の傭兵と……戦ってくれてる」

「……そうか」

ジャメはそれを聞き、歩みを止めぬまま雫に言った。

「私も、さっき外で見かけたよ」

「……ああ、私が逃がした。責任など取りようも無いが、全ては私の責任だ」

「そうか」

淡々と答えた後、ジャメが続ける。

「なら、我々は君に礼を言うべきだろう」

「?」

「カナデ君は……海に落ちた少年を喰わずに救った。偶然かもしれんがね」

「……っ！」

その言葉に、雫が何か返そうとした瞬間――

人工島全体に轟音が鳴り響き、激しい揺れが雫達に襲いかかった。

中央区画

♪


「なんだ!?」

　富士桜市長が、揺れと轟音を感じると同時に周囲に視線を巡らせた。

　それが爆発であるという事は、一目瞭然だった。

　市庁舎の傍にある電波塔を始めとして、島の各所で同じような爆炎が上がっている。

　だが、その位置を確認して市長は半分安堵していた。

　事前に狐景から情報を聞いていた通りの場所であり、そこからは民間人も含めて全員退避が済んでいる建造物ばかりだったからだ。

　しかし、二箇所だけそれに当てはまらぬ区画があり、目を見開く。

「おい、研究所や警察署には爆弾は仕掛けていないんじゃなかったのか?」

　横にいる狐景に問うと、狐景は爆音に耳を塞ぎながらもかろうじて聞き取れたらしく答えた。

「知らない知らない！　あそこは目的の資料とかあるんだし、そもそも脱出艇が来る予定の場所でもあるんだよ!?　爆破するわけが……あ、あぁぁ、灯狸！　灯狸ぃ！」

警察署の方でも爆炎が上がったという情報を呑み込んだようで、跳ね起きるように立ち上がり、止める間も無く駆け出した。

実際のところ、市長は止めようともしなかった。

「……」

嘘をついている様子は無かったし、彼女に関わっている暇はない。

それに、この状況で弟は諦めろと言うつもりもなかった。

優しさや同情ではなく、市長からすれば狐景との『契約』を遵守し、彼女が弟を救う事を邪魔しない行動を選んだだけである。

「……あれは、警察署の車庫だな。留置所は無事だと思うが……」

ならば、狐景にも知らされていないか、あるいは彼女達とは別の存在が仕掛けたかだ。

「この混乱に乗じて、何人か逃げる気かもな……」

市長は冷静に周りの様子を観察し、自分がやるべき事を考えていたが——電波塔の様子を見て、混乱しつつある現場に叫んだ。

「電波塔から離れるように指示をしろ！　倒れるぞ！」

彼女の目に映ったのは、爆発の影響でシルエットを傾けつつある電波塔。

市庁舎の高さには遠く及ばぬものの、本土とのやり取りを行う為にそれなりの高さはある建造物だ。

果たしてそれは、爆弾を仕掛けた何者かの計算だったのか、はたまた偶然なのか。

電波塔は徐々に傾きを増し、綺麗に折れ曲がるような形で横倒しになろうとしていた。

分離した事で距離を少しずつ離しつつあった、海洋研究所のある区画へと向かって。


♪

研究所　搬入口

「研究所が……！」

背後から煙が上がるのを見たラウラが、青い顔で悲鳴を上げた。

各所から爆炎が上がっており、一部では崩落が始まっている。

「他の面子はもう私が解放したから脱出済みだ！　我々もここにいたら危険だぞ！」

そのまま雫達は研究所から離れようとするが――

ラウラが搬入口の詰め所で立ち止まり、不意にしゃがみ込んだ。

「どうした、ラウラ!?」

ジャメが近寄ると――その詰め所の中で一人の警備員が死んでいた。

恐らくは、研究所を襲撃した傭兵達に殺されたのだろう。

「そんな……」

首を何かで裂かれたと思しき死体を前にショックを受けているラウラを立たせ、引き摺るように進むジャメ。

「気持ちは解るが、今は逃げるのが先だ！」

――死体を見るのは初めてか？　無理もない……。

そう考えながら、ジャメはラウラの手を取り雫の元に走ろうとするが――

「……!?　危ない！」

島の中央区画の方を見て、雫が叫ぶ。

「!?」

ジャメもそちらを見て驚愕し、足を止める。

脱出しようとしている三人に向かって、離れつつある水路に橋をかけるように電波塔が倒れ込んできたのだ。

このままでは直撃すると感じた三人は、咄嗟にその場から退避する。

数秒遅れて、電波塔の頂上部が路面に激突して激しくその構造を拉げさせた。

激しい衝撃に足をもつれさせるが、奇跡的に三人とも回避に成功する。

だが――電波塔が研究所の一部を巻き込むように倒れてきた事により、雫はジャメ達と隔離されるかたちになってしまった。

「先輩！」

「雫！」

ラウラ達の叫びにより、雫は二人の無事を確認して安堵しながら叫び返す。

「私は大丈夫！　なんとかそっちに向かうから、二人は先に逃げて！」

雫はそう叫ぶと、自らも脱出路を探して動き出した。

その背に、粘（ねば）ついた視線が向けられているのも気付かぬまま。


♪

数分前　研究所　海洋直結区画

イルヴァの周囲に、虹が激しく煌めいていた。

己に襲いかかる死の気配が虹色の輝きとして見えるイルヴァは、久方ぶりの高揚感に胸を躍らせている。

そして、己の全身もその高鳴りに合わせて踊らせた。

戦場ですら滅多に味わえぬ、全方向から届く死の輝き。

手練れの軍勢が相手というわけではなく、ただ一つの存在がこれほどの『死』を周囲に振りまいている事が、イルヴァは嬉しくて仕方が無かった。

彼女はもはや相手をサメではなく、それこそ映画に出てくる怪物を相手取るつもりで動き続ける。

水中を高速で泳ぎながら、こちらが足を止めた瞬間にミニガンの銃撃を行う人型の肉塊。

だが、それを全て躱しきった上で反撃までするイルヴァも充分に怪物であった。

海洋直結区画の破壊は進み、足場にできる場所が目に見えて減り始める。

イルヴァがその様子を確認したところで、乾いた音が響いた。

見ると、人型の肉塊が握るミニガンが稼動しなくなっている。

——弾切れか。

それを好機と見たイルヴァが駆け出すが、カナデは焦る様子もなく海中へと沈んでいった。

「……弾切れという概念も理解しているのか、困惑するようならば楽だったが」

口ではそう言いつつも、楽しげに笑うイルヴァ。

次は何を見せてくれるのか。

そんな事を期待し始めた傭兵に、怪物はお安い御用とばかりに手練手管を繰り広げた。

海中から伸びた赤い手が、先刻ミニガンで仕留めた傭兵の足を摑んでイルヴァへと放る。

「……悪いな」

仲間の遺体にそう告げ、イルヴァは無言でそれを蹴り飛ばそうとした。

だが、突然エンジン音が鳴り響いたかと思うと、その遺体が突然目の前で血の花を咲かせて真っ二つとなる。

イルヴァの反射神経でなければ、遺体もろともに切られていた事だろう。

「チェーンソーとは、いよいよもってホラー映画の怪物じみてきたな」

苦笑しつつ、ミニガンを相手取った時とは違う流れになると予想し、イルヴァは集中力を高めて心のスイッチを近接戦闘に切り替えた。

その瞬間に爆音が響き渡り、研究所全体が大きく揺れる。

ヴォジャノーイが機密区画などに仕掛けていた爆薬を作動させ、研究所区画全体の基盤を破壊したのだ。

既にイルヴァとカナデの戦いでボロボロになっていた海洋直結区画はその衝撃に耐えられず、研究所内で真っ先に崩壊を始める。

天井や壁が崩れ落ち、外の灯りが入り込む。

瓦礫が雨のように降り注ぎ始め、配管やコンクリート、鉄材などが次々と海面に落下した。

だが、その程度ではカナデもイルヴァも止まらない。

カナデは構わずチェーンソーを振るい、イルヴァは己の超感覚において自らの死線を意味する『虹の輝き』を避けるかたちで跳躍を続ける。

イルヴァはカナデのチェンソーを紙一重で避けると、崩落してきた天井の瓦礫を蹴り、空中を駆け出した。

更には、周り込みながら人型の肉塊へとサブマシンガンの弾丸を撃ち放つ。

カナデもそれをチェンソーの刃で受け止めながら、水中へと身を戻した。


イルヴァはその様子を見ながら、ただ笑う。

研究所が爆破され、崩壊しつつあるという事など些事であるとでも言うかのように。

「丁度良かったな」

海面から沸き起こった高圧電流混じりの波を大きく躱し、イルヴァはそのまま崩壊する瓦礫を蹴り続け、外の灯り目がけて駆け出した。


「お前との決着をつけるには、ここは狭過ぎる」

♪

折れた電波塔　中央区画側

「うう、雫先輩……」

不安げに呟きながら、折れて横倒しとなった電波塔の上をおっかなビックリといった様子で歩み続けるラウラ。

その前で足場を慎重に確かめながら進むジャメが、ラウラを安心させるように言った。

「彼女なら大丈夫だ、この手の荒事は『ヴォイド』との戦いで潜り抜けている」

中央区画の電波塔は主に鉄骨で構成されており、途中で何箇所か通信設備などを置く足場や巨大な円形の純白のパラボラアンテナが設置されている。

アンテナ部分が研究所区画の地面に突き刺さり、皮肉にも中央区画と研究所区画がそれ以上離れぬような楔（くさび）と化していた。

中央区画に向かって、斜め横倒しになった電波塔は、中央区画に向かって登り坂のようになっている。

とはいえ傾斜は緩やかであり、インドア派であるラウラもかろうじて歩む事ができ、ジャメは比較的安全な部分を確かめながらラウラを先導していた。

「市長もこちらの様子は理解しているだろう、向こうに辿り着いたら彼女達に君の身柄を預けて、私は雫を助けに戻る」

空に浮かんでいるドローンを確認したジャメは、そう言って更に歩を進めようとしたが――

銃声が鳴り響き、ジャメの傍の鉄骨が火花を散らす。

「！」

「ヒャウっ!?」

ラウラは悲鳴を上げながらその場にヘタリ込み、ジャメは反射的に手にしていた拳銃を背後に向けた。

先刻傭兵を二人倒した時に回収していた拳銃であり、ジャメは一秒足らずの間で銃撃者の姿を見つけ、そちらに弾丸を撃ち放つ。


そこに居たのは、後を追ってきたと思しき傭兵達だった。

「ぐぁっ……」

一発は即座に命中し、傭兵が一人、鉄骨の上で腕を押さえてふらついていた。

もう一人、アサルトライフルを持ったバンダナの男にも即座に銃弾を放ったが、その男――

ベルトランは先に撃たれた仲間の身体を盾にする。

「がっ……ぎゃっ……」

防弾ベスト越しに激しい衝撃が襲い、傭兵は悲鳴を上げる。

一方のベルトランは、部下を盾にしながら苛立たしげに言った。

「先走って撃ちやがって、馬鹿が。もう少し近づけただろうがよぉ」

ベルトランは舌打ちしながら、ジャメに向かって数発撃つ。


ジャメは咄嗟に純白のパラボラアンテナの陰に身を隠し、相手の隙を窺いながら撃ち返した。

「ひゃあああ」

這いつくばりながら、慌てて自らもジャメの傍のパラボラアンテナの陰に隠れるラウラ。

そんな彼女に、ジャメは先刻まで己の姿を消していた光学迷彩マントを渡す。

「これを使って先に逃げろ。裏側にあるスイッチで光学迷彩が発動するし、ある程度なら防弾機能もある」

――あのアサルトライフルの弾丸を防げるかは微妙だが……。

「で、でも、ジャメさんは……」

「私はここであいつを引きつける。流れ弾が当たらんように、このアンテナを盾にするかたちで進むんだ、いいな」

それだけ言うと、ジャメはラウラの返答を待たずに、隣にある別のパラボラアンテナへと移動しながら拳銃を撃ち放った。

そんな白衣の大男を観ながら、ベルトランは舌打ちする。

「ったく、姐御がやり過ぎたのか、それともあの雇い主の兄ちゃんの仕業か……?」

既に意識を失った部下を海に捨て、自らも横倒しになった電波塔の巨大なアンテナの陰に隠れるベルトラン。

「何がなんだか分からねえが、こうなっちまったら、もう取り繕う必要もねえ。適当な人質とって、島からおさらばするしかねえな」

すると——そんなベルトランの背後から、乾いた銃声が聞こえて来る。

「あん?　この音は、姐御の得物だな……」

ジャメを警戒しつつ振り返ると、そこには異様な光景があった。

それは、崩壊しつつある研究所を縦横無尽に移動しながら戦う、イルヴァと巨大な異形の姿。

爆発と電波塔の直撃で、海上に浮遊する土台ごと崩壊しつつある研究所区画の中を蠢きながら、銃弾と刃を交える二頭の怪物。

「……ついてけねえよ。ま、俺は俺で人間らしい戦いをやらせてもらうさ」

己の視線が捉えたものを見なかった事にしつつ、ベルトランは眼前の敵であるジャメを排除すべくアサルトライフルの引き鉄に指を掛けた。

♪

折れた電波塔　研究所区画側

「カナデ!?」

雫の声が、電波塔の内部に響き渡る。

横倒しになった電波塔の上を橋のように渡るジャメやラウラとは別行動となった雫は、こちら側から電波塔の内側に入り込む事に成功し、内部構造を通り抜ける形で中央区画へと向かっていた。

途中で自分の頭上をベルトラン達が通り過ぎる音が聞こえたが、ジャメ達に危険を伝える手段も無く、いざとなればこちらから叫んで気を引こうとしたのだが、その直前に研究所から飛び出してくるカナデとイルヴァの姿を見て現在にいたる。

「なんとか……なんとかカナデを助けないと……」

そう言って、電波塔から研究所区画に戻ろうとした雫だったが――

物陰から現れた手が、彼女の左手を強く摑み止めた。

「!?」

「もう、我々にできる事はありませんよ、雫博士」

うすら笑いを浮かべながら現れたヴォジャノーイを強く睨み付ける雫。

「どこから現れた……」

「コソコソするのは得意でしてね。ベルトランさん達がどうなるかを見届けてから動こうと思っていたのですが、今さらあちらに戻られても困りますので」

肩を竦めながら言うヴォジャノーイに、雫は腕を振りほどこうとした。

だが、彼の力は外見から想像した以上に強く、雫は簡単に押さえ込まれてしまう。

「一緒に見届けようじゃないですか。『ヴォイドの子』の進化が結実する瞬間を」

「……何が目的なんだ！　カナデを兵器にして金でも稼ぐつもりか!?」

「稼ぎなど二の次ですよ。あくまで副次的なものに過ぎない」

ヴォジャノーイは首を横に振りながら、歪んだ狂気に満ちた笑みを、イルヴァと戦い続けるカナデに向けていた。

「博士は私に、カリュブディスが何を創ろうとしていたのかと聞きましたよね？　あれこそが答えです！」

「答えだと?」

「無限の進化……それは優秀な生物兵器になるかもしれませんし、人間に変わって地球を支配する新しき霊長になるかもしれません。その果てなき究極にいたる路(みち)を生み出す為、我々は敢えて進化の完成系として同じ形に留まっている『サメ』という種に目をつけました」

興奮したように言うヴォジャノーイは、雫から見ても尋常ならざる狂気に満ちた目をしながら言葉を続ける。

「ここでイルヴァという人間に負けて死してもそれは構いません。可能性が生まれたなら、次は再現性のテストです。クローン技術を用いて何千、何万の『カナデ君』を生み出して、生存競争させてみるのも面白いかもしれませんね。無限に進化し、人間のような知性を持った生命体が一体どのような社会を形成するのか、見てみたいと思いませんか？　……そうすれば、博士も『家族』が増えて喜ばしいのでは？」

「……金目当ての方がマシだったかもしれないな」

「金も手に入りますし、博士、あなたには居場所が手に入りますよ？　誰にも咎められず、カナデ君を増やす事のできる居場所が」

ヴォジャノーイはそう言うと、足元に置いた研究資料入りのスーツケースに視線を向けた。

「このスーツケースの中の資料と、あなたの知識があればそれは可能です。ここで死しても、あなたは新しい『カナデ君』を生み出す事ができるんですよ？」

「……クローン人間に人権が無いとは言わないし、それを家族と認める事になにも問題は無いと私は思っているが……。君のその意見は、クローン技術と研究者に対して迷惑だ。取り消す事を勧めるよ」

「おや、随分と余裕ですね」

「ああ」

力強く頷いたカナデの視線の先では——傷を増やしながらも、イルヴァに追われるようにこちらに向かってくるカナデの姿があった。

「私にとって今、あそこで生きているカナデこそが家族なんだ」

カナデの姿を見据えながら、雫は自分自身に言い聞かせるように己の決意を口にした。

「もう、身勝手な願いは言わない。カナデが私をどう思っていても変わらない」

「思うままに生きてくれ、カナデ」


♪

折れた電波塔　下部

橋と化した電波塔の下部に来たところで、イルヴァはカナデが水路から船着き場の方に移動すると推測していた。

——今のこいつに足りないものは、装備だ。

——ならば、また補充に行くつもりだろう。

——私達の船か、あるいは死体が沈んでいる場所に。

そのまま大海に逃げ出す、という可能性も視野には入れていたが、それはないだろうとも感じ取っている。

戦い続けたからこそ解るが、カナデという個体は何かを諦めた様子も、怯えた様子もない。

巨大な人間を威嚇するカマキリのように、ただ前だけを向いている。

決してしっぽを巻いて逃げるような空気ではない、そう考えていたイルヴァだが——

それでも、次のカナデの行動は、彼女の予想の埒外であった。


カナデは崩壊しつつある浮き島の狭間の海から数メートル跳び上がると、人型の肉塊の腕を伸ばし、電波塔の下部の鉄鋼を握り締める。

そして、数トンから十数トンに及ぶであろう全体重を腕だけで支えながら、雲梯(うんてい)を渡るように両腕を交互に動かし、移動を開始したではないか。

チェーンソーは半分腹部に取り込むようにして保持しており、どこまで器用なのかとイルヴァは苦笑した。

「そのうち、三本目と四本目の腕を生やしそうだな」

実際、銃器を複数調達すればそのように進化する可能性は多いにありえる。

だが、イルヴァは流石にそれを待つほどにお人好しではなかった。

戦闘狂ではあるが、手加減して相手が強くなるのを待つというのは、流儀に反する。

彼女は互いに持てる全てを出し切り合う戦いこそを望むのであり、相手の成長を促すのは驕りであり、相手を見下す侮辱行為だと考えていた。

それ故に、強者として目の前に現れたカナデという存在に多大なる感謝を向ける。

そしてその感謝を持って、今ここで始末をつけるつもりであった。


雫達のいる区画を通り過ぎ、横倒しになった電波塔の中腹まで進んでいく。

ぶら下がりながらとはいえ、通常の人間が走るよりも遙かに速い。

そして、それに難無くついていくイルヴァもまた異常であった。

彼女は手でぶら下がりながら移動するわけでも、先に渡った者達のように横倒しとなった電波塔の上部や内部を進むわけでもなく、電波塔の側部を駆け抜ける。

猛スピードで、わずかなとっかかりや鉄骨を止める大きなボルトの突起などに足をかけ、地上を走るのと変わらぬ速度で走るその姿は、横から見ればまるで空中を駆けていると錯覚するほどであった。

それを待ち受けるかのように、カナデは鉄骨の隙間から電波塔の内側へと潜り込む。

とはいえ、何しろその巨体だ。

無理矢理鉄骨を押し広げ、細い接合部などはチェーンソーで無理矢理切り裂きながらその身体をねじ込ませる。

何故、そのような不利な空間に自ら潜り込むのか。

「ああ、そうか」

イルヴァは予測を立てた上で、敢えてその死地へ飛び込んだ。

「ケリをつけるつもりなんだな、お前も」

鋭い眼光と共に笑みを浮かべ、イルヴァはただ真っ直ぐにカナデの元へと飛び込んでいく。

罠があるなど、百も承知の上で。


そして、イルヴァが想像した通り、カナデの仕掛けた罠が発動する。

イルヴァとカナデの間にあった、内部から外部まで照らす事のできる大型の電球。

それが勢いよく輝いたかと思うと、瞬間的な閃光と共に一気に弾け飛んだ。

カナデの操る電気により、瞬間的に負荷が掛かってイルヴァの目の前で簡易的な閃光弾と化したのである。

凄まじい光量であり、もしも目を閉じていなければ、弾け飛んだガラス片で失明していてもおかしくないトラップだった。

その閃光に完全にタイミングを合わせ、カナデはチェーンソーを振り下ろし――

まるで未来を読んだかのように、目を閉じたイルヴァがその刃を避ける。

人間同士であれば敵であろうと見惚れかねぬ、美しく、完璧な動きだった。

「残念だったな」

なんの罠があるかまでは確定していなかった。

だが、ほんのわずかに電球が輝き始めた刹那のタイミングで、イルヴァは相手の意図を読んで行動と感覚を切り替えたのである。

「人間が……視力を失った程度で怯むとでも思ったか?」

そう呟きながら、視覚を除いた五感――主に聴覚と風の流れを感じる触覚のみで相手の動きを完全に把握したイルヴァは、すれ違い様に人型の肉塊の手首へとサブマシンガンの銃口を密着させ、引き鉄を絞り込んだ。

乾いた銃声が響き、赤い手首がズタズタに引き裂かれる。

重みに耐えきれなくなり、千切れた手首が鉄骨の隙間からチェーンソーごと落下した。

だが、それでイルヴァは気を抜いたりはしない。

今度こそ、完全なる死を与えるべく――

この電波塔を怪物の墓標とすべく、周囲の環境を利用する事にした。

まさしく人間のように足掻き、暴れ回る人型の肉塊。

その背後に向かって、腰から抜いた小型の接触型手榴弾を投げ込んだ。

鉄骨の一部にぶつかる事で小規模の爆発を起こし、その金具が弾け飛ぶ。

カナデの行動と、塔が倒れた際の損傷により、この空間は今にも拉げ潰れようとしていた。

それに気付いたイルヴァは、それを利用すべく最後のダメ押しの爆発を起こしたのである。

次の瞬間、人型の肉塊が周囲に気付いたように一際派手に暴れるが、時は既に遅かった。

電波塔の自重は、人型の肉塊を閉じ込めた檻を急速に収束させる。

歪んだ鉄骨同士は、まるで巨大なサメの顎のように閉じられ——

人間の姿をした肉塊を、派手に噛み砕くような形で挟み潰した。

♪

折れた電波塔　内部

「カナデ！」

視線の先で起こった惨劇に、雫が絶叫する。

「なるほど、まだ人の上澄みには及びませんでしたか」

決着がついた事に、ヴォジャノーイは良いデータが取れたと笑うが――

直後に起こった光景を見て、その笑顔を強張らせた。


♪


「ここまでだ」

折れ曲がった鉄骨が、人型の異形を押し潰す。

勝利を確信したイルヴァは、完全に虹色の光を消すべく、自らも鉄骨にぶら下がるかたちで体重を掛けながら人型の異形を電波塔の瓦礫に挟み込んだ。

肉塊が派手に拉げ、人型をしていた赤と白の怪物が電波塔の瓦礫と融合した一つのオブジェのように成り果てる。

イルヴァは鉄骨から這い上がり、少し高い位置で電波塔の瓦礫に挟まれてピクリとも動かなくなった怪物を見上げた。

「お前と戦えた事を、誇りに……」

勝利を確信したイルヴァは、最後に何か告げようとしたが――

バシャリ、という、激しい水音が、己の下に響く。

視線を下に向けると、そこには虹の輝きを失った一匹のサメの姿が。

「何……？」

イルヴァは一瞬呆けた後、気付く。

カナデは、人型の肉塊部分が鉄骨によって潰されると判断した瞬間に、自らの下顎から生えた己の一部を、なんの躊躇いも無く嚙み千切っていたのだ。

イルヴァは、戦いを楽しみ過ぎたが為に錯覚していた。

カナデという存在は怪物であり、自分に最も強く『虹』を届ける人型の肉塊こそが本体であるのだと。

しかし、カナデにとってそれはあくまで『便利な疑似餌』に過ぎなかった。

だからこそ、カナデもまた、イルヴァがそう錯覚するように派手に人型の肉塊部分を動かしていたのである。

海洋直結区画で戦い、チェンソーを使い始めた時から、今しがたの、手首を失って苦しみあがくフリに到るまで。

そして、どれほど人型の怪物を真似て目立ったところで、疑似餌は疑似餌に過ぎなかった。

いや、寧ろ目立たせるからこそ、疑似餌としての価値が生まれる。

カナデが化け物ではなくサメであるという本質を、イルヴァ最後の最後に忘れていた。

故に、この瞬間まで気付く事ができなかったのだ。

このカナデというサメは、自分との戦いを楽しむ怪物などではなく――

最初からずっと紅矢倉雫を救う事を考え続け、その最適解を常に探っていた英傑なのだと。

イルヴァがそれを把握した瞬間——潰れた肉塊の隙間からコロリ、と何かが零れ落ち、電波塔の鉄骨に乾いた音を響かせる。

それは、イルヴァの仲間達が使っている手榴弾だった。

ピンが抜けているその手榴弾から発せられた虹色の輝きが、イルヴァへと届く。

下手に飛び退けば爆風で海に落下すると考えたイルヴァは、その手榴弾の方を遠くへ蹴り飛ばそうとしたのだが——そこで電波塔が軋み、肉塊を潰す鉄骨がわずかにズレた。

次の瞬間、潰れた肉塊の隙間からは大量の手榴弾が顔を覗かせる。

船から回収していた手榴弾の残りを、カナデが人型の肉塊の中に纏めて隠していたのである。

その全てから、ピンが丁寧に抜かれていた。

恐らくは、カナデが最後にそう仕組んだのだろう。

ゴロゴロと零れ落ちる手榴弾の群れが、イルヴァの頭上から降り注ぐ。

その光景を前に、イルヴァは苦笑いを浮かべた。

この瞬間からどう動いても逃れられぬと悟った彼女は、最後に視線を下に向け、海面に落ちた敵に向けて称賛の言葉を口にする。


「……お前の、勝ちだ」

眩い虹色が、イルヴァの世界を包み込み――

彼女の世界が、爆炎一色に塗り替えられた。


♪

折れた電波塔　中央区画側

数十秒前。

イルヴァが引き起こした一度目の小さな爆発が起きた時、電波塔の上の状況がさして変わる事はなかった。

ジャメもベルトランも揺れと轟音は確認したが、その隙に相手を撃つ事を最優先に動いていたからだ。

「！」

引き金を絞ったジャメの指に、これまでと違う感覚が伝わる。

弾切れだ。

先刻、傭兵達の懐から予備弾倉も探したが、彼らはアサルトライフル用の予備弾薬を持ち合わせてはいなかった。恐らくは拳銃を重視していなかったのだろう。

「アサルトライフルを持ち出すべきだったか……？」

それも一瞬考えたが、ジャメは今更だと切りかえる。

「はっ！　どうやら弾切れのフリじゃなさそうだな！」

憎まれ口を叩きながら、嗜虐(しぎゃく)的な笑みを浮かべたベルトランが姿を現した。

彼は勝利を確信し、ジャメのいるアンテナへと歩を進めたのだが――

そこで激しい爆音が轟き、運命の流れが大きな変化を見せる。


「うおっ!?」

先刻とは比べものにならない規模の爆発。

ジャメに向かって進んでいたベルトランが、唐突な揺れに足元を揺らし――

「……えいっ！」

その刹那――光学迷彩のマントに身を隠してベルトラン、ベルトランの方に進んでいたラウラが跳びかかり、思い切りその身体を押し込んだ。

「ラウラ!?」

「なっ……!?」

鉄骨の上で、大きくバランスを崩すベルトラン。

「てめぇ！　どういうつもり……」

それでも踏み止まったベルトランが、体勢を立て直しながら銃口をラウラに向けようとするが――その隙を逃さず、ジャメが弾切れとなった拳銃を直接ベルトランに投げつけた。

「がっ……！」

頭に拳銃が直撃し、更に大きくバランスを崩すベルトラン。

そして、トドメとばかりに――

「ぐぉぉ!?」

上から急降下してきた一機のドローンが、ベルトランに体当たりするかたちで激突した。

「ちょ、ま……」

ベルトランはそこで完全に足場から押し出され、海面に向かって落下する。

途中で折れ曲がった鉄骨に何度も身体を打ち付けながら、悲鳴と共に海中に消えて行くベルトラン。

その姿を見届けた後、ジャメは溜息を吐きながらドローンに目を向けて肩を竦めた。

「感謝するよ、市長」

中央区画の市庁舎前で、市長がドローンを操作しつつ、ジャメと同じように肩を竦める。

音声は届いていなかったが、カメラ越しのジャメの様子から悟ったのか――

「なに、感謝は無用だよ、ジャメ博士。ドローンを武器にした事を黙っていてくれればね」

そして、苦笑しながら独り言として呟いた。

「……『ヴォイドの子』の研究ともども、世間様に怒られてしまうからな」


♪

折れた電波塔　研究所区画側

「素晴らしい……」

ヴォジャノーイは、歓喜に満ちた笑みを浮かべてそう呟いた。

「あの怪物めいたイルヴァを、『ヴォイドの子』は見事に倒してみせた……！　完成だ！　やはり『ヴォイド』の因子は子に受け継がれてもなお進化を続けている！」

「……」

「あなたも嬉しいでしょう、紅矢倉博士！」

テンションの高いヴォジャノーイの言葉に、雫は静かに首を振る。

「……本能じゃない、学習だよ」

「……？」

「私が、教えたんだ。カナデの母親を……『ヴォイド』を、私がどうやって殺したか」

義手となった腕を生身の手で強く押さえながら、雫が言う。

「それを、カナデは覚えていたんだ……。だから、同じ手を……。同じ手を使わせてしまった……私は、カナデに、自分の母親を殺した手口を……使わせてしまった……」

横倒しになった電波塔は今しがたの爆発で更に歪み、彼女とヴォジャノーイが立っていた足場も大きく歪み崩れていた。

現在は海面スレスレの所まで拉げており、雫はかろうじて足場のようになっている鉄骨に引っかかっており——

ヴォジャノーイは、片手で雫から少しズレた場所の鉄骨にぶら下がり、足先を水面につけている状態だった。

右手で鉄骨を掴んでいるが、崩壊の際に鉄骨に激突したらしく、拳銃を握り続けている左腕が折れた状態でダラリとぶら下がっている。

身体中の裂傷から血が滴っており、足を伝って海面を少しずつ赤く染めていた。

その状態から己の身体を引き上げて雫を狙うのはもはや不可能だろう。

しかし、ヴォジャノーイに絶望した様子はなく、寧ろ興奮したように雫に言った。

「何を悲しむ事があるんです？　博士！　本能ではなく学習の結果だというのなら、あなたはヴォイドの因子を完成させた！　水辺において、いや、場合によっては陸地だろうと人間より遥かに優れた生命体が、学習によって新たな強さを得た！　本当に家族としてあなたを慕っているというのなら、同じ手法で洗脳する事だってできる！　特定の人間を家族のように愛する生物兵器、危険ではあるかもしれませんが、それがどうしたというのです！　私達とあなたの研究が組み合わさり、新しい扉を開いたんです！」

「その状況で、よく喋るな」

呆れたように言った雫は、鉄骨に背を預けながら疲れたように首を振る。

「解るだろう、私は君を助けるほどにお人好しではないし、組織の事を吐かせるならば生け捕りにした方が良いんだろうけれど、義手という事を除いても、鉄骨から君を引き上げる体力なんてない。死ぬかもしれないというのに、最後に残す言葉がそれで本当にいいのか？」

言い回しが理屈っぽくなるのは自分の悪い癖だと思いつつ、雫はヴォジャノーイに嫌味の言葉を投げかけた。

だが、ヴォジャノーイは寧ろ恍惚とした表情で語り続ける。

「いえいえ、何を成すかを見届ける事はできないのは残念ですが、こうしていればあなたを救いに来た『ヴォイドの子』が私を食い千切るでしょう。それはそれで、私は研究に殉じたという事になる！　私は今、同志達と共に人生を捧げた成果と一つになる！　研究者の末路としては最高の形でしょう！」

「狂ってるね」

醒めた目で言う雫に、ヴォジャノーイが鉄骨にぶら下がったまま笑う。

「あなたに言われたくはありませんね！　研究対象と家族ごっこをしていた……いえ、本当に家族として『ヴォイドの子』を愛してたあなたには！」

「まあ、それは……その通りだが……。ちょっとホッとしているよ」

「はい？」

海面を見つめたまま心底安堵したように言う雫に、ヴォジャノーイは首を傾げた。

そんな彼に、淡々とした調子で雫が言う。

「カナデが、君と一つになる事はなさそうだ」

「何を……。……!?」

己に迫る海中の影を見たヴォジャノーイから、笑みが消えた。

自分の周囲に、魚影とサメの背びれが見えるが——カナデにしてはかなり小さい。

更に言うならば、一匹ではなく複数だ。

彼の血の臭いに引き寄せられてきたのは、カナデではなく、周辺の海に最初から生息していた無数のサメ達だったのである。

「カリュブディスのお偉い学者さんに講義するのは畏れ多いが……」

雫は、憎しみと怒りが薄らぐ変わりに、憐れみの目を向けながら言った。

「前にも言ったが、この近海にもサメは普通にいる。シュモクザメをはじめとして比較的大人しい種類が大半だが……近年、イタチザメやヨゴレといった人を襲う種類の目撃例も多い。しかも、爆発で混乱している上に、血の臭いが漂ってる」

「よせ、やめろ……」

あがくように身体を捩らせるヴォジャノーイだったが、それは、歪んだ鉄骨を徐々に軋ませ、水中に身体を押し付けるだけだった。

やがて、サメの一匹が、アザラシと間違えたのか、ヴォジャノーイの足を齧る。

「――――ッッッ！」

言葉にならぬ絶叫を上げたヴォジャノーイ。

ダラリと垂れた左腕の先に握る拳銃のトリガーを根性で引き絞り、水面に数発の銃弾を撃ち放つが――血で興奮したサメの群れの前では、殆ど無意味な攻撃に過ぎなかった。

彼は余裕の笑みを消しながら、ただ藻掻(もが)くように叫ぶ。

「やめ、やめろ！『ヴォイドの子』に喰われるのならいい！　我々の研究成果と一つになれるなら本望だ！　だが、ただの下等な……野生のサメ！　素材なんぞに……こんな……！」

「……下等？」

そこで雫は、心底蔑むような目でヴォジャノーイを見ながら言った。

「今、君は研究者ですらなくなった」

「──」

苦しみながら、何匹ものサメに少しずつ喰いつかれ、引き摺られるように海中にズリ落ちていくヴォジャノーイ。

絶望に満ちた表情で海の藻屑となりつつある男に、雫は疲れたように続けた。

「サメは、海洋環境において非常に優れた進化を遂げている……君や私などより、よほどね」

「ふざ……っ、がっ……」

この事件の黒幕たる男は、何か叫ぼうとしたところで完全に海に落ち──その喉笛を猫よりも小さな小ザメに食いつかれる。

「そもそも……素材であろうと、研究対象には敬意を払え」

「……」

悲鳴すら上げられなくなった男の手から力が抜け、鉄骨から指が離れた。

底の見えぬ大海はまるでそれ自体が巨大な『虚無』のように、ヴォジャノーイという存在を引き摺り込み、やがて、最初から何も存在しなかったかのように跡形も無く消し去ってしまう。

「……私が言えた義理でもない、な」

その光景を見届けた雫も、ゆっくりと意識を手放しつつある。

先刻の爆発の影響はまだ続いていた。

今も少しずつ雫の立つ足場が軋んでおり、安全な場によじ登る体力など既に無い。

「君の言う通りだ、ヴォジャノーイ。私もカナデを……奏の代わりとして……自分に都合のいい存在として利用した……」

鉄骨の軋みが進み、ゆっくりと足場が下降していく。

「私も、すぐにそっちに……」

そこで意識を失い、雫は多くのサメが血に酔っている状態の海面へと落下した。


♪


夢を見た。

仄暗い場所に、ただ漂う夢を。

一筋の明かりが遠くに見えるのだが、とてもそこまで泳ぐ事はできそうにない。

そんな中——誰かが己の手を引いている。

生温かい水の中、その誰かは、自分を背負うように身体を押しつけ、そのまま光の方へと運んでいった。

時折周囲に色濃い影が寄ってくるが、それを振りきるように身体を運ぶ。

やがて、光が近くなった瞬間、己に寄り添う者の顔が見えた。

それは、幼さの残る少年の顔。


紅矢倉雫にとって忘れる事のできない顔が――彼女に向かって微笑んでいた。

「かなで……？」


呟きと共に、目を醒ます。

彼女の視界に映っていたのは、弟とは似ても似つかぬ鋭い目つきの女性だった。

「目が醒めたか、生きていただけで何よりだ」

「市長……？」

雫が周囲を見渡すと、そこは中央区画の市庁舎前。

どうやら市庁舎前の芝生に寝かされていたらしく、全身の鈍い痛みに耐えながらゆっくりと身体を起こした。

「先輩！　良かった……生きてて良かったですよう……！」

「落ち着け、怪我人だぞ」

ラウラが抱きついてこようとするのをジャメが止める。

「そしてラウラ、私は君に説教しなければならない事が山ほどある」

「か、勝手な事をしたのは謝りますけど、結果オーライって事で……」

「私が撃った弾丸が君に当たる可能性だってあったんだぞ？　だいたい君はいつも……」

「おや、暴走という意味なら、単独で救出に向かった君も相当だろう？」

「む……それは……まあ、結果オーライという事で……」

「ジャメ主任……？」

本当に説教を始めるジャメやそれを窘める市長、ジト目を上司に向けるラウラの姿を見て、ここが天国や地獄ではないと判断した雫は、純粋な疑問を市長にぶつけた。

「私、海に落ちた筈なのに、どうして生きて……？」

「まあ、当然の疑問だな」

その答えとばかりに、市長は傍に居た秘書の女性に声をかける。

「おい、君。さっき、こっそり録画してただろ？」

「ひっ」

市長にジロリと睨まれた秘書が顔を引きつらせるが、市長はニヤリと笑いながら手を出した。

「咎めはしない。代わりに、紅矢倉博士に見せてやりたまえ」

「は、はい……」

秘書がいくつかの操作をした後、そっと差し出されるスマートフォン。

画面に映し出されていたのは――

「あ……」

巨大な魚影の背に乗せられる形で、中央区画の淵のコンクリート部分に押し上げられる、紅矢倉博士の姿だった。

「恐らく、最後の爆発で、君と敵が海に落ちる事を期待したんだろう。その後に君だけを救えば……残った敵などどうでもいい事だろうからね」

水中の影の正体がなんであったのか。

答えの代わりに、市長が優しげな笑みを浮かべて目を伏せながら雫に告げる。

「……家族というのは、良いものだな」

♪

人工島『龍宮』某所

人の気配が薄い、島の機関部のようになっている区画を二つの人影が歩いている。

「灯狸、本当に大丈夫？」

ジャメにやられた怪我が完治していないのか、足を引き摺りながら歩く灯狸。

そんな少年を支えながら歩く姉の狐景は、やがて、その場所に辿り着いた。

人工島の浮力を司る動力炉近辺。

まるで船の機関室といった雰囲気を感じさせる場所の一角に、海面へと繋がる梯子（はしご）があり、その下には一台の小型潜水艇があった。

モーターボートより二回りほど大きいそれは、マリンスポーツなどに使われる二人乗りの小型潜水艇に似ているが、軍用にチューンナップされた高速型である。

本来はバダヴァロートの中で『シードラゴン』と呼ばれる水中戦専門の部隊の為に一台だけ用意されていた代物だが、その部隊は市長やジャメ達の活躍により既に捕まっていた。

捕まっていなかったとしても、カナデという特殊な巨大鮫を前にしては小型の潜水艇では心許ない事だろう。

ここに潜水艇を隠して停泊させている事を知っていた狐景と灯狸は、こうして二人でここまで逃げてきたのだ。

当の潜水艇を梯子の上から見下ろしつつ、狐景が呟く。

「……あの市長さんには、いつか御礼を言わないとね」

市庁舎前から逃げ出した時、市長は周囲の人間達に自分を捕らえろとは一切指示しなかった。

警察署の車庫でも爆発が起こった際、火災から護る為に留置所の中にいた面々も外に避難させられており、その隙を突いて狐景が灯狸を連れ出したのである。

無論のこと見張りはついていたのだが、島全体の混乱で純粋に人手不足であった事と、灯狸が実力者であるという事を実際に襲われたジャメ以外が把握していなかった為、『傭兵団に連れ回されていた、武装解除されたただの子供』として警備の目が他の面子よりも薄かったのだ。

とはいえ顔は認識されているので、島から観光客に紛れて逃げるというのは難しい。

故に、一縷の望みをかけて『シードラゴン』の小型潜水艇を探しに来たのだが、その判断は正解だった。

「確か、灯狸も運転だけならできたよね？」

二人乗りの潜水艇。

レジャー用にも使われるものを改良したタイプなので、操作はそこまで複雑ではない。

灯狸がコクリと頷き、二人は梯子を下りて潜水艇の上に立つ。

船体がわずかに揺らぐ中、海に落ちぬように気を付けつつハッチを開けようとしたのだが――

サプレッサー越しの射出音が鳴り響き、灯狸の肩から血が弾け飛ぶ。


「……っ！」

衝撃で仰け反り、少年の肩から弾け飛んだ血の幾ばくかが海面へと落下した。

「灯狸……!?」

潜水艇の上に倒れる灯狸に駆け寄る狐景。

彼女の背後に、何者かが飛び降りる音がして、潜水艇が大きく揺らいだ。

島の機関部の駆動音に紛れていた上に、その人間自身も足音を殺しながら移動していた為、彼女の聴覚でも接近に気付くのが遅れたのである。

次いで、聞き慣れた声が狐景達の元に届けられた。


「おいおい、そりゃねえだろ?」

振り返った先に居たのは、満身創痍のベルトランだった。

「ベルトラン……！」

「逃げ回りながら情報を集めてたが……どうも、誰かが俺らを裏切ったっぽいんだよなぁ？」

怒りの混じった凶悪な笑みを浮かべながら、ゆっくりと姉弟に近付くベルトラン。

「……」

「おっと、動くなよトーリぃ……。コカゲの頭をぶち抜かれたくないだろ？」

彼は揺れる潜水艇の上でバランスを取りつつ、銃口を狐景に向けて灯狸を牽制した。

「警察に捕まってたトーリか、何故か元気に動き回ってるコカゲか、それともお前らは実はどっちも裏切ってないのか……情報が足りねえが、まあ真実はどうでもいい。……重要なのは、その潜水艇は俺のものって事だ」

灯狸が銃で武装している様子はないが、ベルトランは少年の身体能力を把握している為に油断しなかった。

「俺はな、ガキだからって多少の悪事が許されるとか、ホラー映画で都合良く生き残るとか、そういう展開が大嫌いでね」

更に近付き、灯狸を護ろうとした狐景を蹴り飛ばす。

「がっ……」

背中を潜水艇の上面に打ち付ける狐景を見て灯狸は激昂しかけるが、なおも狐景に向けられている銃口を見て、強制的に頭を冷やされた。

「おっと、動くな動くなぁ？」

ベルトランは嗜虐的な笑みを浮かべたまま、灯狸の頭を蹴り飛ばす。

「……っ！」

「灯狸！　ベルトラン！　お前ぇ……っ！」

叫びながら立ち上がろうとする狐景も蹴り倒しつつ、ベルトランは楽しそうに笑った。

「ガキだろうとなんだろうと、結局怪物に喰われたり、もっとあくどい大人に利用されて無惨に死んで終わる……そんな話が大好きでなぁ」

サディスティックな目で二人を見下ろしつつ、告げる。

「怪物……化け物ザメの方は姐御と相打ちになっちまったっぽいからよ。俺があくどい大人としてきちんと責任を果たさねえとなぁ？」

ベルトランは、そのまま狐景の腕を摑み上げ――

「あの化け物以外にも、サメの一匹や二匹ぐらいいるだろ」

なんの躊躇いもなく、潜水艇の端から海へと押し出した。

「灯狸……っ！」

バランスを崩し、海面に向かって傾きながら手を伸ばして叫ぶ狐景。

それを見た灯狸は我を忘れ、自らも姉に追い縋るように手を伸ばし――その背をベルトランによって蹴り飛ばされ、姉と共に海へと落下した。

「おね　ぇ　ちゃん……！」

落ちながら吐き出されたのは、大人びた少年兵ではなく、一人の子供として泣き叫ぶ声。

声帯を傷つけられた少年の喉から絞り出された慟哭を聞き、ベルトランは鼻で笑い、ハッチを開けようとしゃがみ込んだ。

だが——少年の叫びは、一つの運命を呼び込んだ。

ベルトランの銃撃によって海面に落下した血液、その臭いに引き寄せられていた存在がその叫びを確かに聞いたのである。

——『オネエチャン』。

という、『彼』にとって最も馴染みのあるその単語を。

「……は？」

呆けた口を開けたベルトランの前で、奇跡のような光景が繰り広げられる。

海中に叩き落とした筈の姉弟が、抱き合いながら海面へとせり上がってきたのだ。

動画の逆再生を見ているかのような状況を前に、ベルトランの意識は一瞬空白となる。

それ故に、気付くのが遅れた。

二人は超常的な力や家族愛の奇跡などで空中浮遊したわけではなく——

単純に、海中から巨大な何かに押し上げられたのだと。

そして、ベルトランはそれを見る。

下顎が通常のサメのように回復しつつあった、一匹の巨大鮫の姿を。

「ふざけんな……」

引きつった笑みを浮かべながら、銃口を持ち上げるベルトラン。

狐景と灯狸を鼻先に乗せ、まるで溺れた子供を救出しているかのような姿のサメを見て言った。

「そういうの、嫌いだっつってんだ……」

生涯最後の憎まれ口を最後まで言う事は叶わず、ベルトランはその身体をカナデに噛み砕かれながら海中へと姿を消す。

残されたのは——潜水艇の上に転げ落とされた、二人の姉弟。
何が起こったのか全く理解できないという顔の狐景と灯狸だったが、狐景は水飛沫の音で、灯狸は直接視認する事で潜水艇の傍に漂う巨大なサメの姿を確認した。

サメは暫し二人を窺うように潜水艇の傍を泳いでいたが、やがてその背びれを人工島の外側に向けて去って行った。

「……」

何かしらの大いなる力によって助けられた。

巨大鮫に見逃されたという感覚に包まれた狐景は、しばし呆けた後、弟に提案する。

「ねえ、灯狸」

「?」

「私だけでも自首してさ、ちゃんと罪を償おうと思うんだけど……ダメかな?」

灯狸はそんな姉の手を強く握る。

引き留める為ではなく、自分も共に償うという意志を向けながら。

姉弟は無事を喜ぶように、お互いの身を抱きしめ合い——

一度だけ彼女達の方に身体を向け直した巨大鮫は、その光景を暫し見つめた後に再び外洋に向けて泳ぎ出す。

その姿は、まるで抱きしめ合える家族の姿を羨んでいるかのようだった。

♪

中央区画　東側

「あれは……カナデなのか？」

島から離れていくサメの背びれが見えると聞きつけた市長が、満身創痍の雫を連れて海が見える場所へと赴いた。

その横にはジャメやラウラもおり、東の海をゆっくりと進んでいくサメの背びれを目に留める。

如何に巨大なサメと言えども、これ以上離れれば視認は難しくなるだろう。

もはや点のようにしか見えないその背びれを見送りながら、雫は微笑む。

「ああ、間違いない。あれはカナデだ」

「ここには、戻って来ないようだな」

「市長やジャメさんにとっては、その方がありがたいだろう？」

自嘲気味に言う雫に、市長は肩を竦めた。

「微妙なところだな、私としては、礼の一つでも言いたかったが」

「君こそ、いいのか？　追いかけなくて」

ジャメの言葉に、雫は首を横に振る。

「いいんだ。カナデはもう、『ヴォイド』からも……私からも解き放たれた」

去りゆく背びれを見つめて、雫は嬉しそうに笑った。

そして、寂しそうに涙を滲ませながら――『家族』の旅路に祈りを捧げる。

「さよならとは言わない。自由に生きてくれ。この海で誰よりも、どんな生物よりも、ずっとずっと自由に……」

「それが、私の人生に残った最後の希望だよ……カナデ」

エピローグ

数日後　スパニッシュレストラン『メドゥサ』

「いやあ、しかし本当に良かったなぁ！　フリオ君が無事でよ！」

「ええ！　ありがとうございます！」

常連客の言葉に、爛漫な笑顔を向ける八重樫ベルタ。

事件のゴタゴタが全て収まり、店はすっかりと通常業務に戻っていた。

あれから無事に戻って来たフリオと抱き合い、ワンワンと泣き合った後に事情を聞いたベルタは、驚愕に包まれる事となった。

——「あのね、サメが……凄く大きなサメさんが、僕を助けてくれたんだって」

フリオの言葉を思い出しつつ、ベルタは空を見上げ、あの不思議なサメの事を思い出す。

「しっかし、映像も残ってるらしいけどよ、信じられねえよな……。偶然だとは思うが……」

「偶然じゃないですよ」

首を傾げる常連客に、ベルタは笑顔で断言した。

「あのサメさんは、フリオを助けてくれた英雄です」

海に落ちた一人の少年を巨大なサメが救う姿は、スマートフォンなどによって幾人もの人間に撮影されている。

だが、直後に傭兵達がそのサメに喰われるシーンまで映し出されている為、ネットに流れる事は滅多になかった。

ベルタは、そんな証拠映像を見ずとも信じている。

自分が朝の浜辺で出会ったサメが、自分の願いを聞いてくれたのだと。

「ベルタちゃーん、そろそろ始めるよー」

「はい！　宜(よろ)しくお願いします！」

フラメンコ奏者達の呼びかけに応え、ベルタはウェイトレスの衣装からフラメンコ歌手としての衣装に着替え、ステージに立った。

営業再開してから、ベルタは店の女性歌い手(カンタオーラ)として毎日歌い続けている。

彼女はあの日から、必ず一つの曲を演目に含めていた。

悪漢達から民衆を救った、孤高の英雄への想いを綴った歌。

「届くといいな、あの、不思議なサメさんに」

そんな事を呟いた後、彼女は大きく息を吸い込み、己の歌を奏で上げる。

夏の日差しの下、カンタオーラは情熱的なリズムを海と陸の狭間に踊らせた。

海辺のレストランから、想いが世界中の海に届く事を信じて。


♪

某国　海上

「バダヴァロートの連中、しくじったらしいな」

「イルヴァまでやられたらしいぞ」

「マジか？　あの化け物女がどうやって」

「カリュブディスの連中、それで賞金をかけたってよ。サメに10億、博士に2億だ」

「博士の方は攫うぐらい楽勝だろ」

「んな事より、今日攫ってきたガキどもはいつ売り飛ばすんだ？」

船の上でそんな会話をしている男達が、下卑た会話を繰り広げる。

だが、突然船が揺れ、悪漢達の会話が途切れた。

「……なんだ？」

「流木にもぶつかったんじゃねえか？」

男の一人が、銃を持ちながら海を覗き込む。

「別に何も……」

その呟きが聞こえた直後、悪漢達の耳に水飛沫の音が響いた。

「あん？」

「どうした⁉」

仲間が海に落ちたと気付いた悪漢達が、異常を察して武器を手にしながら船の縁に駆け寄り――それを狙い澄ましたかのように、船が大きく下から突き上げられ、男達が海上に投げ出された。


今日も、ベルタ達によるフラメンコの調べが世界の中に鳴り響く。

その音は海を越える事は無かったが――

まるでそのリズムに合わせるかのように、カナデは世界の中で踊り続けた。

リズミカルに空中を回転する悪漢達。

海から飛び出したカナデがその身体を噛み砕く音は、まるでベルタの歌に合いの手を入れているかのようだった。

人に近しい知能と、人智すら超えた肉体を持つ巨大なサメ。
彼がこれから何を成すつもりなのか。
何を引き裂き、何を噛み穿ち、何を喰らい破るのか。
それは、誰も知り得る事ではなかった。
カナデは、この大海と人間の社会の狭間に解き放たれている。

彼は人間に命を救われ、恩を返し、敵を屠り、唯一の家族に見送られ——
いまここに、確かな自由を勝ち取った。

パンドラの箱の最後の一欠片は、大海に解き放たれたのだ。

炬島のパンドラシャーク　完

あとがき

　というわけで、お久しぶりです成田です。

　今回は、『炬島のパンドラシャーク』下巻を手に取っていただき本当にありがとうございました！

　上巻とほぼ同じ時間をかけて書き上げた本作ですが、下巻分は様々な時代の流れなどから連載販売という形を取らず纏め売りのみとなりまして、結果として上下巻の間が空いてしまい申し訳ありませんでした……！


　今回、サメのカナデが様々な形態に変化して行きますが、その切っ掛けとなったのが本作のイラストでお世話になっているしまどりるさんでした。

『しまどりるさんの自由にサメの怪物のコンセプトアートを描いてみてください』とお願いしたところ、素晴らしい作品の数々の中に、下顎が人間のような形へと変貌した一枚があり、それが本作の最終的なサメの進化の方向性を決定づけたと言え、しまどりるさんには本当に感謝です……！　何かの機会があればそのイラストもお見せする事ができれば良いのですが……！

　その流れの中で、「しまどりるさんのイラストは最高だけれども、小説という媒体において、ここまで人型になるのはサメ映画風小説としてアリなのか」という疑念も一瞬浮かびましたが、「サメ映画にルールなどあろうか？　いや、ない！」という思いと「いや、サメはやはり魚類であるべし」「いや……でも格好いいは正義」「メカシャークも魚類じゃないし」という葛藤の末、あのような決着とさせていただきました。

本当はカナデに電波ジャックをさせてＴｗｉｔｔｅｒなどＳＮＳをさせる予定だったのですが、そのネタは既に某サメ映画にやられてしまい、今回は封印させていただきました……！

やはり恐るべしはサメ映画の自由度です……！

ともあれ、サメ映画をモチーフとしつつも、サメが真なる意味でヒーローになる作品も書いてみたいという自分の我儘を叶えたくて書いた本作ですが、そのような無茶な企画を通してくださった皆さんにはただただ感謝です！

更に、自分でも驚きなのですが――

なんと、本書のコミカライズが決定致しました！

本作発売時点でどこまで詳細が発表されているか分かりませんが、多くのスタッフの方々が分業で仕上げてくださっており、縦読み形式という利点を最大限に活かした素晴らしい演出でコミカライズを進めていただいております！

既に数話確認させていただいておりますが、非常に良いコミカライズでして、コミカライズ企画のスタッフの皆さんには本当に本当に感謝です……！

詳細も追ってお伝えできるかと思いますのでⅡＶさんのサイトやＴｗｉｔｔｅｒでの情報などをチェックしていただければ幸いです……！


この本を出すにあたって、本当に多くの方にお世話になりました。

まず、新しい場でこのサメ企画を通して下さったⅡＶ編集部の皆様。

本当に素敵なイラストで本作を様々な方向から彩ってくださったしまどりるさん。

デザイナーさんをはじめとする出版スタッフの皆さん。

執筆のきっかけとなるサメ映画の試写会に誘っていただいたマフィア梶田さん。

Ｔｗｉｔｔｅｒでコメントを頂いた知的風ハットさん、中野ダンキチさん。

サメ映画ルーキーさんとコンマビジョンさんには『月刊サメ映画』にて本書の上巻を取り上げていただき、感謝する事しきりです……！

そして何より、サメが暴れるＢ級小説に最後までお付き合いくださった読者の皆さん。

本当にありがとうございました！

今後展開されていくコミカライズにも御期待いただければ幸いです！

世界中のサメ映画に感謝を捧げつつ　成田良悟（りょうご）
２０２３年３月

炬島の
パンドラシャーク
下巻発売 おめでとうございます!!!
しきどりろ

蛇足章

島の事件から数日後。

とある研究施設にて。


明るい通路の中に、小さな足音が鳴り響く。

北欧の民謡を鼻唄で奏でながら、軽快な足取りで進む小柄な影。

その影はやがて、一つの円柱の前に辿り着く。

人工島『龍宮』の研究施設で、カナデが居たパイプ状の水路と似たような形の水槽だ。

だが、その内部にいたのはサメでもなければ、魚類でも、その他の水棲動物でもなかった。

その中に居た『者』を見て、小柄な人影は鼻唄を止める。

「ねえ、覚えてる?」

軽やかな声が響いた。

過去を懐かしむような、穏やかな声。

「私が通り魔に襲われそうになった時の事」

そっと水槽に指を這わせた人影——ラウラ・ヴェステルホルムは、静かに語った。

「犯人の目を抉って笑ってるのを見て、怖がってごめんね」

奇しくも、機械にコードで繋がれていたカナデを見て居た雫と似たような瞳で、水槽の中にいる『者』に告げる。

「だから、今度は私が助けてあげるね？　……お姉ちゃん」

水槽の中に居たのは——身体のあちこちを爆発の余波で失ったイルヴァの姿であった。

失われた部位には、柔らかそうなのに無機質な印象を与える白色の肉塊のようなものが貼り付いており、まるで損失した人体を補おうとしているかのように蠢いていた。

「あんなゲスな奴を部下にしてるから、こんな目に遭うんだよ？」

ラウラは目を細めながら、傍にあった机の上に置かれたＩＤカードに目を向ける。

半分血にまみれたそれは、ラウラがベルトランを突き落とす際にポケットから抜き取っていたカードであり——つまりは、人工島『龍宮』の襲撃の際、研究所の入り口の警備員の喉を掻き切るのに使った凶器でもある。

ラウラの顔写真が使われたそのＩＤカードは——彼女が、姉であるイルヴァに事前に渡していたものだった。

「カリュブディスが回収した紅矢倉博士と研究資料を、『私達』が横取りするつもりで用意してたんだけど……まさか、お姉ちゃんを回収するのに使う事になるなんてね」

周囲の水槽には、シャチを模した生体ドロイドが泳いでいる。

その生体技術を応用して、シャチの細胞を姉の身体と融合させようとしている若き天才は、どこか狂気に満ちた笑顔で呟いた。

「今度は、私がお姉ちゃんを助けるよ。シャチの力を、お姉ちゃんに入れてあげる。強いお姉ちゃんを、もっと、もっと、もっともっともっともっと強くしてあげるね？」

彼女の背後では、数十人の科学者達がせわしなく作業を続けており、部屋の片隅にはヴォジャノーイが海に落とした筈のアタッシュケースが置かれている。

ラウラを含めた研究者達の胸元には、龍宮のものとは違うＩＤカードが下げられていた。

この研究施設の所有企業である──『ネブラ』の社章が刻まれたカードを。

「もう、サメなんかに負けないようにね」

終？

著作リスト

「シャークロアシリーズ　炬島のパンドラシャーク〈上〉〈下〉」（ⅡＶ）
「バッカーノ！　1～22」（電撃文庫）
「バウワウ！ Two Dog Night」（同）
「Mew Mew! Crazy Cat's Night」（同）
「がるぐる！　Dancing Beast Night〈上〉〈下〉」（同）
「5656！　Knights' Strange Night」（同）
「ヴぁんぷ！　Ⅰ～Ⅴ」（同）
「世界の中心、針山さん　①～③」（同）

「デュラララ!!　1～13」（同）
「デュラララ!!　外伝!?」（同）
「デュラララ!!ＳＨ×１～４」（同）
「折原臨也と、夕焼けを」（同）
「折原臨也と、喝采を」（同）
「Fate/strange Fake　1～8」（同）
「オツベルと笑う水曜日」（メディアワークス文庫）
「BLEACH　Spirits Are Forever With You　Ⅰ～Ⅱ」（JUMP j BOOKS）
「BLEACH　Can't Fear Your Own World　Ⅰ～Ⅲ」（同）
「RPF レッドドラゴン　Ⅰ～Ⅴ、Ⅵ〈上〉〈下〉」（星海社FICTIONS）

本書は書き下ろしです。

シャークロアシリーズ

炬島（ともしびじま）のパンドラシャーク〈下〉

著者	成田良悟（なりたりょうご）
イラスト	しまどりる

2023年3月29日　初版発行

発行者	鈴木一智
発行	株式会社ドワンゴ 〒104-0061 東京都中央区銀座4-12-15 歌舞伎座タワー 03-3549-6402

● お問い合わせについて
ⅡⅤ編集部：iiv_info@dwango.co.jp
ⅡⅤ公式サイト：https://twofive-iiv.jp/
ご質問等につきましては、ⅡⅤのメールアドレス
またはⅡⅤ公式サイト内「お問い合わせ」よりご連絡ください。
※内容によっては、お答えできない場合があります。
※サポートは日本国内のみとさせていただきます。
※Japanese text only

発売	株式会社KADOKAWA 〒102-8177 東京都千代田区富士見2-13-3 https://www.kadokawa.co.jp/ 書籍のご購入につきましては、KADOKAWA購入窓口 0570-002-008（ナビダイヤル）にご連絡ください。
印刷・製本	株式会社暁印刷

ISBN978-4-04-893109-0　C0093
Printed in Japan